伊豆的舞女

いずのおどりこ

[日] 川端康成 著

朱娅姣 译

SPM 南方传媒 | 花城出版社

中国·广州

图书在版编目（CIP）数据

伊豆的舞女 /（日）川端康成著 ; 朱娅姣译. -- 广州 : 花城出版社, 2024.4
ISBN 978-7-5360-9115-3

Ⅰ. ①伊… Ⅱ. ①川… ②朱… Ⅲ. ①短篇小说－小说集－日本－现代 Ⅳ. ①I313.45

中国国家版本馆CIP数据核字(2023)第176140号

出 版 人：张　懿
项目统筹：陈宾杰　蔡　安
责任编辑：李珊珊
责任校对：梁秋华
技术编辑：凌春梅　林佳莹

书　　名　伊豆的舞女
　　　　　YIDOU DE WUNV
出版发行　花城出版社
　　　　　（广州市环市东路水荫路11号）
经　　销　全国新华书店
印　　刷　天津丰富彩艺印刷有限公司
　　　　　（天津市宝坻区新开口镇产业功能区天源路6号）
开　　本　889毫米×1194毫米　32开
印　　张　9.75　1插页
字　　数　173,000字
版　　次　2024年4月第1版　2024年4月第1次印刷
定　　价　45.00元

如发现印装质量问题，请直接与印刷厂联系调换。
购书热线：020-37604658　37602954
花城出版社网站：http://www.fcph.com.cn

川端康成 | かわばた やすなり

1899.6.14—1972.4.16

1899年6月14日[①]，川端康成生于大阪市北区。父亲名叫荣吉，是个开业医生，爱好汉诗文、文人画。母亲阿源，是黑田家出身。川端康成是家中长子，他有一个姐姐，名叫芳子。传说川端家是从北条泰时的时代传承下来的，川端自己也在文章中提到过，家里有将北条泰时尊为始祖的族谱，不过他也说道，这种族谱中的始祖大多是后人牵强附会而成，不可轻信。

川端康成的童年是不幸的，他的父亲在他刚满一岁零七个月时就因肺结核去世，第二年母亲也因感染结核病而

① 川端康成自写年谱为6月11日出生。

辞世。1909年，川端康成10岁，姐姐芳子患热病，并发心脏麻痹而死，姐姐的去世也意味着川端康成与世界又一个联系被病痛切断了。

失去双亲后，川端康成被62岁的祖父和64岁的祖母收养，三人一起生活。但好景不长，等到川端康成小学一年级那年，祖母也去世了。后来，和川端康成相依为命的祖父也在74岁时辞世，那段日子，川端康成目睹了祖父临终时的样子，后来他写下了《十六岁的日记》，将祖父弥留之际的情况如实地记录下来。在这部有着“私小说”风格的作品中，看不到川端康成对祖父的爱，他冷眼观察着祖父，以冷静的笔触写下祖父走向死亡的路程。他还写了《拾骨》《参加葬礼的名人》《向阳》等写生式作品，记录了有关祖父病逝前后的事情。就这样，这位“参加葬礼的名人”又变成孤身一人了。

大概是年少的经历促成了川端康成敏锐纤柔的性格，这使他很早就在写作上表现出过人的才华。7岁时，川端康成考入大阪府三岛郡丰川普通小学。虽然他因体弱多病而经常缺课，但他的学业成绩优秀，作文在全班首屈一指。1912年4月，川端康成以第一名考入大阪府立茨木中学。14岁那年，他升中学二年级，已经将成为一个小说家作为自己的志向。他博览各种文艺杂志，尝试写新体

诗、短歌、俳句、作文等，并装订成册，题名为《第一谷堂集》《第二谷堂集》。他的题为《滴雨穿石》的作文还保存了下来。

祖父去世同年的9月，川端康成由西成郡丰里村母亲娘家黑田秀太郎收养。1915年，他开始过宿舍生活，经常出入学校附近的书店。他的读书范围非常广泛，从白桦派到谷崎润一郎、上司小剑、德田秋声、《源氏物语》、《枕草子》等，外国作家如陀思妥耶夫斯基、契诃夫、斯特林里堡、阿尔志跋绥夫等的作品。川端康成如饥似渴地阅读着这些文学作品，让自己在天赋的领域里遨游。

1916年春天，川端康成开始给当地的小周刊《京阪新闻》投稿，发表了《致H中尉》《淡雪之夜》《紫色的茶碗》《电报》等短文。从此时到进入大学之前，他还写了一篇追悼辞世的英语教师仓崎仁一郎的作文《肩扛恩师的灵柩》和一篇小说《千代》，分别发表在大阪《团栾》杂志和第一高等学校的《校友会杂志》6月号上。

1920年，川端康成从第一高等学校毕业。同月，进入东京帝国大学文学系英文学科。是年伊始，除了读日本作家的作品之外，还广泛阅读了包括森鸥外翻译的《各国故事》在内的翻译作品。1921年2月，第六次《新思潮》发刊。4月，川端康成在第二号上刊载了《招魂节一景》，获得菊池宽以及各方面的好评。是年秋天到冬天，川端康成与本乡一家咖啡馆的女招待伊藤初代恋爱、订婚，最后这段感情以撕毁婚约作结。基于这种体验，他写了《南方的火》《篝火》《非常》《她的盛装》《暴力团一夜》《海的火祭》等作品。这期间，他一度住在浅草，在菊池宽家里，经菊池介绍认识了芥川龙之介、久米正雄和横光利一。同年12月，川端康成在《新潮》杂志上发表了《南部氏的风格》（评《湖水之上》），第一次获得了稿酬。1922年2月，他开始写文艺月评《本月的创作界》。6月，从英文学科转到国文学科。自4月至6月，以千代事件为素材写了《新晴》。这年夏天，川端在伊豆汤岛，写了《汤岛的回忆》，这部作品未经发表，成为后来的《伊豆的舞女》和《少年》的雏形。在此期间，他还翻译了许多外国作品。1923年，他发表了《林金花的忧郁》（1月）、《精灵祭》（4月）、《参加葬礼的名人》（5月）、《南方的火》（7月）等作品。

1924年3月，川端康成从东京帝国大学国文学科毕业。他非常热心于文艺事业，毕业当年7月，他同当时的新进作家们筹备创刊同人杂志，由他起名为《文艺时代》，他们以《文艺时代》为阵地发起新感觉派运动。是年，川端发表了《篝火》《非常》以及第一部长篇小说集。此后，他又与横光利一等人成立了“新感觉派电影联盟”，拍摄川端唯一一部电影剧本《疯狂的一页》。这部影片被评定为该年的优秀影片，获得了全关西电影联盟颁发的奖牌，但是

商业性上映则是失败的。1927 年 3 月，金星堂出版了川端的第二部作品集《伊豆的舞女》，这篇由川端康成以其自身经历创作的中篇小说在他生前共拍了五次电影。此后，他更是创作不断，发表了诸多优秀的作品。其中，于 1937 年发表的《雪国》，1952 年发表的《千只鹤》，1962 年发表的《古都》等，都是译介到国外最多，让读者耳熟能详的作品。

川端康成在文学上的造诣是不容小觑的。1960 年代，他曾 8 次被推荐进入诺贝尔文学奖名单，最终于 1968 年以《雪国》《古都》《千只鹤》三部代表作获得诺贝尔文学奖，成为首位日本人诺贝尔文学奖得主，也是继泰戈尔之

后第二位获奖的亚洲作家。他的作品中对爱情、死亡的阐释，悲观与虚无的氛围，清新秀丽的语言风格，将传统意象赋予新的含义的灵动，为日本文学之美增添了浓墨重彩的一笔。

1972年4月16日，川端康成突然采取口含煤气管的自杀方式离开了人世。5月27日，由治丧委员会长芹泽光治良主持，在青山斋场举行了日本笔会、日本文艺家协会、日本近代文学馆“三团体葬”。由今东光赠予戒名：“文镜院殿孤山康成大居士”。9月起，日本近代文学馆主办的“川端康成展——其艺术与生涯”，在全国各地巡回展出。10月，创设了财团法人“川端康成纪念会”，理事长井上靖。11月，日本近代文学馆内开设“川端康成纪念室”。这位日本文学界的“泰斗级”人物，以如此仓促的方式离开人世，未留下纸质遗书。不过，他的遗言早在十年前就已经宣告给世界。

“自杀而无遗书，是最好不过的了。无言的死，就是无限的活。”

目录
CONTENTS

伊豆的舞女

一

山路变得蜿蜒曲折，终于要到天城岭了。正想着，白色雨丝笼罩住茂密的杉树林，并以惊人的速度自山脚下向我袭来。

那年我二十岁，头戴配给高等学校的学生制帽，身穿藏青底织碎白花纹的上衣和裙裤，肩挎学生书包。独自到伊豆旅行已是第四天。在修善寺温泉歇了一晚，在汤岛温泉住了两晚，接着，脚蹬朴木制成的高齿木屐，爬上天城山。叠叠青山、原始森林与幽谷山涧中的秋色使人沉醉，同时，某种希望在我心中雀跃，催促我赶路。转眼间，豆大的雨点敲打在人身上。我跑上曲折陡峭的山坡，好不容易才赶到天城岭北口一家茶馆前。舒了一口气后，我立在茶馆入口处，呆住了，因为眼前一景正如所料：江湖艺人一行正在店内稍事休整。

见我呆立不动，舞女马上让出自己的坐垫，把它翻过来，推到我身边。

“嗯……”我只应了这个字，在坐垫上坐了。跑着上坡，气喘加惊讶，“谢谢”二字都卡在喉间，没能说出口。

我和舞女挨得很近，相对而坐。由于紧张，我赶忙从袖兜里掏出烟丝。她把同行女子身前的烟匣子推到我面前，我依然沉默不语。

舞女约莫十七岁，梳着一种我叫不上名字的、样式古典又奇特的大发髻。这发式将她那气质凛然的鹅蛋脸衬托得越发小巧玲珑，美得十分协调，和民俗野史里插入的、发量丰富到夸张的女子画像一个样儿。她的旅伴包括一位四十出头的妇女，两个年轻姑娘，还有个二十五六岁的汉子，身穿印有长冈温泉旅店字号的和服短褂。

此前已见过舞女一行人，两次。第一次见是去往汤岛的途中，一行人正要去修善寺，我在汤川桥旁遇上了她们。当时，队伍里有三个年轻姑娘，舞女背一面太鼓[①]。我时不时回

① 太鼓：日本代表性乐器，太鼓的形状有大有小，形状好像啤酒桶。

头张望，一股旅情油然而生。第二次见是翌日晚在汤岛温泉留宿时，她们过来卖艺，我坐在楼梯中央，聚精会神地瞧着舞女在旅店大门口处的木地板上翩然起舞。既然那天去修善寺，今晚来汤岛，明天，她们应该会翻过天城岭朝南走，去往汤野温泉，在这前后七里长的天城山路上，一定能追上她们吧——如此设想着，我急匆匆地赶路。可是，真因避雨在茶馆与她不期而遇，我又慌张起来。

很快地，经营茶馆的阿婆把我领到另一个房间。这间屋好像不常用，窗户都没糊上。俯瞰窗外，美丽的峡谷深不见底。我起了一身鸡皮疙瘩，牙齿咯咯作响，浑身发抖。

“真冷啊。”我对端来热茶的阿婆说。

“啊呀，读书人，衣服都湿透啦。快，来这边歇着，取取暖，烤烤衣服。”

说着，阿婆拉起我的手，把我领进自己的起居室。

这间屋里安有地炉，打开拉门，一股热气扑面而来。我站在门槛外，踌躇不前。一位老大爷盘腿坐在地炉边上，身上肿胀发青，像个溺死鬼似的。他转过头，无精打采地瞧我，两只眼珠甚至都已浑浊发黄。旧纸片和旧纸袋在他身边堆成小山，说人被埋在废纸堆里也不为过。我呆呆地站着，望着这位山中怪物。不管怎么看，都不像活人。

“瞧瞧这有失体面的模样……不过，这是我家老头子，别怕。人看着寒碜，但已经动弹不了啦。请将就将就，忍一会儿吧。”

以这几句为铺垫，照阿婆的话说，大爷是长年中风患者，全身麻痹。身边的纸山是从全国各地讨来的治疗中风的偏方，也包括各处寄来的、装着药材的纸袋。据说，凡是治中风的药方，别管是从翻山越岭的旅客嘴里听来的还是从报纸广告中瞧见的，都一个不落地试过，照方抓药，且药方和纸袋一个都不扔，堆在身边天天看，边看边打发着过日子。经年累月，陈旧之物便堆成了废纸山。

听着阿婆絮叨，我接不上话，只得坐在地炉边，低头听着。汽车驶过山岭，房屋随之震动。天城岭上，秋天都已如此寒冷，转眼间，白雪就会覆满山头，这位老大爷为什么不肯下山呢？我陷入沉思。衣服上蒸腾出一股水汽，炉火旺盛，烤得人头昏脑涨。阿婆走出去招呼客人，跟一位卖艺女攀谈起来。

“哎呀，这就是上次带来的女孩儿吗，都长这么大啦。女儿成了大姑娘，你也该感到安慰了。怎么生得这样标致！女娃娃就是长得快。”

不到一小时，卖艺人一行便发出动身上路的声响。我也一样，哪里还坐得住，但只敢在心里翻江倒海，没有勇气站起身。我想，她们长途跋涉，走惯了路，但毕竟是女人，就算先走一两公里，我跑跑步，也能追上。坐在炉边，我边琢磨边心烦意乱。舞女一行人不在身旁，人倒像解脱了似的，精神抖擞，开始胡思乱想。

“那几个卖艺人，今晚会在哪里歇脚呢？”阿婆送走她们后，我问道。

“那种人，谁知道会在哪里过夜呀，小少爷。哪儿有客人，就在哪儿歇脚呗。她们能有什么‘今晚打算住哪儿’的想法。”

阿婆这番话带有露骨的轻蔑感，这甚至勾起了我的情绪：若果真如此，今晚，我要让舞女睡在自己的房间里。

雨丝渐细，山顶明亮起来。阿婆一再挽留，说等上十分钟就能彻底放晴，可我说什么也坐不住了。

“大爷，您多保重，天气越来越冷啦。”真心实意地说完后，我站起身。老大爷很是艰难地动了动那枯黄的眼珠，点点头。

“读书人！小少爷！”阿婆边喊边追上来，“给这么多钱，太破费了！对不住啦。”

说着，她抱起我的书包，就是不肯给我。我再三推辞，她还是不听劝，说要把我送到那边，迈着小碎步跟在我身后，追出一百多米远，嘴里反复念叨同样的话。

“太破费了，是我招待不周。你的模样我记下啦，下次再路过，我要款待你。以后一定要常来喝茶呀！我不会忘记你的。”

只不过放下一枚五角钱银币，她竟惊诧到仿佛要热泪盈眶。可是，我只想尽快赶上舞女，阿婆步履蹒跚，反倒叫人为难。好不容易，终于来到天城岭上的隧道入口处。

“非常感谢。大爷一个人在家，您还是请回吧。”听见这句，阿婆终于撒开手，把书包递给我。

我走进幽暗的隧道，冰凉的水珠滴滴答答地落下来。隧道前方，通向南伊豆的出口微微散出光亮。

二

山路仿佛一道闪电，自隧道出口处蜿蜒而下，临崖那侧设有刷成白色的护栏。这景象如同一副模型，向山脚下望去，可见卖艺人一行的身影。才走出五六百米，就追上了她们，可我又不能忽然放慢脚步，便装出一副冷淡的模样，赶超过去。约二十米开外，独自走在前头的汉子一瞧见我，立刻停下脚步。

“您走得可真快——正好，天也晴啦。”

我如释重负，与这汉子并肩前行。他对我问东问西，连珠炮似的发问。见我俩攀谈起来，女人们小跑两步，从身后追上来。

汉子背大大的柳编行李箱，四十出头的妇女抱只小狗，大点的姑娘挎着包袱，小点的姑娘提柳条包，每个人都带着一大堆行李，舞女则背着太鼓和鼓架。四十出头的妇女也有一搭没一搭地同我搭起话来。

“他还在读高中呢。”大点的姑娘小声对舞女说。

一回头，姑娘就边笑边说：“猜中了吧？这点事，我还是知道的。常有学生仔来岛上玩。”

这些人从伊豆大岛的波浮港来，说是春天出岛卖艺，一直走在路上，但现在天冷了，也没为过冬做什么准备，因此，打算再在下田待十来天，就从伊东温泉出发，返回岛上。听见大岛二字，心里的诗情画意更浓一分，我再次望向舞女那美丽的秀发，探究了大岛的种种。

“好多学生仔来这儿游泳呢。”舞女对女伴说。

“是在夏天吧？”我回头问。

舞女慌慌张张的，小声说“冬天也”……仿佛在答话。

“冬天？”

舞女仍旧望着女伴，露出笑脸。

“冬天也能游泳吗？”我又问了一遍。

舞女脸红起来，表情异常认真，轻轻点头。

“糊涂了，这孩子。”四十出头的妇女笑了。

去汤野，要沿河津川的山涧下行十多公里。翻过山岭，山峦和苍穹的色彩亦是一派南国风光。我与那汉子聊了一路，已然亲密无间。过了荻乘和梨本等小村子，山脚下，汤野一带的茅草屋顶映入眼帘。此时，我毅然说出要与她们一路同行，共赴下田，汉子喜出望外。

站在汤野的小客栈前，四十出头的妇女露出“就此拜别”的神情，汉子便代替我发言：“这一位说，想跟咱们结伴走呢。”

她漫不经心地答道：“那敢情好，所谓‘出门靠旅伴，处世靠人情’嘛。我们这号人虽不值什么，也能为您消愁解闷呢。请进，上楼歇歇吧。”

姑娘们齐刷刷地瞧了我一眼，又摆出若无其事的样子，都不说话，羞答答地看我。

我与她们一同登上客栈二楼，卸下行李。榻榻米和纸隔扇又旧又脏。舞女从楼下端茶上来，刚在我面前跪坐好，脸就臊红了，双手发颤，茶碗险些从茶盘上滑下来。她怕摔了茶碗，便顺势将它放在榻榻米上。茶碗没摔，茶却洒了一地。她的表情极之羞怯，我看呆了。

“哎呀！真要命，这孩子开窍啦，啧啧……”四十出头的妇女一脸震惊，蹙起眉头，扔来一条手巾。舞女捡起手巾擦拭起榻榻米来，动作拘谨。

这话令人意外，我忽地反省起自身。被天城岭上那位阿婆煽动，我曾胡思乱想，那份假设，如今戛然而止。

这时，四十出头的妇女冷不丁说了句“读书人穿这藏青底织碎白花纹的衣裳就是好看呐”，频频打量我，反复跟身边的姑娘念叨“这位身上穿的，跟民次那件的花纹一模一样。是吧？是一样吧？这花纹，是不是一样啊”，又对我说，“我有个孩子，在老家念书，没带出来，这会儿惦记起了他。您这身衣裳，跟那孩子的一模一样。最近，这种布料越来越贵，真叫人伤脑筋。”

“他上什么学？”

“普通小学，五年级。”

“哦，普通小学的五年级呀，那可……”

“上的是甲府市的学校。别看我常年待在大岛，老家可是甲斐国那个甲府呢。”

休息了约一小时，那汉子把我带到另一家温泉旅店。直到起身前，我仍以为自己能与这些卖艺人同住一家小客栈。

我俩沿街道走了百来米，踏过碎石路和石台阶，穿过小河边上公共浴池旁那座桥。桥的另一头，就是温泉旅店的庭院。

正在室内浴池里洗着，汉子也跟进来了。他说他今年二十四岁，老婆怀过两次，一次流产，一次早产，孩子都没了。他穿印有长冈温泉字样的和服短褂，因此，我一直以为他是长冈人，且从样貌和谈吐上看，他是个有见识的人，我便如此猜想：或许是对卖艺的姑娘情有独钟，迷恋上了，这才担起行李，跟着她们一路走。

洗完澡，我赶紧吃午饭。早上八点从汤岛温泉出发，这会儿还不到下午三点。

临走时，汉子站在庭院里抬头看我，同我寒暄了几句。

“拿着吧，买些柿子给大家吃。这么着给，见谅啊。”说完，我把包着钱的纸包扔下去。汉子不收，抬腿往前走，可纸包已落在院子里，他便回过头捡起来，说句“不必如此”，向上一扔，纸包落在茅草屋顶上。我又扔了一次，他就拿走了。

傍晚时分，下了一场暴雨。群山已无远近之别，通通染上一层白。前方那条小河转眼间便浑浊起来，颜色发黄，水声激荡。我心想，雨这样大，舞女怕是不能走来卖艺了。想归想，人还是坐立不安，又往浴池里跑了两三回。屋里有些昏暗，与邻室相连的隔扇上开了一个四方形的口子，门框上吊一盏电灯，两个房间共用一盏灯。

咚，咚咚，远远地，激烈的雨声中隐约夹杂着太鼓声。我一把拉开窗上的挡雨板，探出身去，几乎要把板子扯烂。太鼓声似乎近了些。风雨交加，劈头盖脸地浇下。我闭上眼，竖起耳朵，想弄清太鼓声发自何方，又是怎样传来的。不久后，我听见三味线[①]的弦音，听见女人发出的长长的尖叫，听

① 三味线为日本传统弦乐器，与中国的三弦相近。——编者注

见热热闹闹的欢声笑语。这就明白了，卖艺人被客栈对面的饭馆叫去，正在酒席上做表演。两三个女人的声音和三四个男人的声音清晰可辨。我等待着，心想，那边的事儿结束后，她们应该会到这边来。然而，那场酒宴热闹非凡，看来，要闹腾很久。女人的尖细嗓门像一道道闪电，时不时划破暗夜。我精神高度紧张，任由窗户敞开，一动不动地坐着。一听见鼓声响起，心里便微微一亮——是了，舞女还在席间坐着呢，她正坐着，在敲鼓。

鼓声一停，心里就烦躁。我沉浸在雨声深处。

不久后，不知他们是在你追我赶还是在转圈起舞，凌乱的脚步声持续了一阵子，之后，倏然恢复平静。这使人警觉。透过黑暗，我想看穿这份宁静意味着什么。今夜，舞女会不会遭人玷污？我心中烦恼。

合上挡雨板，钻进被窝，还是觉得痛苦。我又跑去泡澡，把热水搅得稀里哗啦。雨停了，月亮出来了。雨水冲刷过的秋夜分外澄澈，一片明朗。我想，就算光脚走出浴室跑去那边，也是无济于事。凌晨两点已过。

三

第二天早上，刚过九点，汉子就来找我。我刚起床，邀他一起去洗澡。南伊豆是小阳春天气，天空万里无云，美不胜收。浴池下方，水量上涨的小河沐浴在温暖的阳光下。昨夜那股烦躁之情，想来亦觉得如同一场幻梦。不过，还是跟这汉子提了两句。

“昨天那么热闹，折腾得挺晚吧？”

“怎么，听见啦？”

“当然听见了。”

“都是本地人。这地方的人只会瞎胡闹，没什么意思。”

他摆出一副无所谓的样子，我也随之沉默不语。

“那帮人到对面的浴池去了。瞧，他们好像注意到了咱俩，在笑呢。”

顺着他指的方向，我朝河对面的公共浴池望去。蒸腾的热气中，七八个赤条条的身影若隐若现。

突然，一个光溜溜的女子从幽暗的浴池深处跑出来，随即，站上更衣处的延展石台，摆出冲着河岸往下跳的姿势，笔直地伸出双臂，口里叫喊着什么。她一丝不挂，连块毛巾都没裹。她，就是那舞女。修长的双腿，洁白的裸体，宛如一株小梧桐。远望此情此景，一股清泉流淌过我的心田。我深深地吁了一口气，扑哧一笑。还是个孩子呢。发现我俩后，她高兴了，便光着身子飞奔而出，跑到阳光底下，踮起脚尖，拼命挺直身板，就是这样一个孩子。我满心舒畅，快活极了，一直在出声笑，脑子里清楚得像被擦拭干净了一样。微笑始终挂在嘴边，停都停不住。

舞女的黑发太过丰盈，因此，一直觉得她像十七八岁的，且她又装扮成一副妙龄女子的模样，我便生出了天大的误会。

刚与那汉子一同走回房间，不多时，大点的姑娘跑来我这边的庭院，观赏菊圃。舞女刚好走到桥中央。四十出头的妇女从公共浴池里出来，往她俩的方向瞧。舞女缩缩肩膀，露出笑容，仿佛在说“要挨骂的，我回去啦”，掉头返回，快步走远了。四十出头的妇女走到桥边，冲我喊道：“欢迎您来玩！”

大点的姑娘也说句“欢迎您来玩”，女人们就走了。汉子倒是一直坐到傍晚。

晚间，我正和一个批发纸张的行脚商下围棋，忽然听见庭院里传来太鼓声。

“卖艺的来了。”

“哎呀，没意思，那帮人。来，快，该你下啦。我走这儿来着。”

我刚要起身，纸商却指着棋盘，兀自沉浸在胜负之争中。心神恍惚的当儿，卖艺人一行似乎已准备踏上归途。

“晚上好！”汉子站在庭院里和我打招呼。

我来到走廊上，招招手。艺人们在庭院里小声商量了几句，绕回大门口。三个姑娘跟在汉子身后，挨个道声“晚上好”，每个人都在走廊上双手扶地，带着艺伎的风情施了一礼。棋盘上，我的棋子顿时显出颓势。

“无路可走，我认输了。”

“怎么是你输呢，明明是我要落败啊。不管怎么看，这局都是细棋[①]。”

纸商瞧都不瞧这些艺人，一目一目，计算起棋盘上的目数，子儿下得更谨慎了。女人们把太鼓和三味线拾掇好摆在墙角，开始在象棋盘上玩五子棋。本该我赢的棋局已然输了，纸商还死乞白赖地缠我。

“怎么样，再下一盘？再下一盘，行不？”

然而，我只是冲他笑，不置可否。纸商死心了，起身走了。

姑娘们凑近我的棋盘。

“今晚还去其他地方转悠吗？”

“是打算去……”说着，汉子看了看姑娘们，“要不，今晚就算了，让大家玩乐一下吧。”

“太好啦，好高兴哦。”

“不会挨骂吧？”

① 细棋：围棋术语。意为局势平稳，相差细微。

“怎么会呢。反正也没客，到处跑也没用啊。”

于是，她们玩起五子棋之类的游戏，一直玩到十二点多才走。

舞女回去后，我毫无睡意，脑子格外清醒，便来到走廊上，试着喊：“纸张老板！纸张老板！”

“到……”年近六旬的老大爷从房间里飞奔而出，精神抖擞，应了声。

“今晚战个通宵！拿出真本事！”

我也兴起一股强烈的斗志。

四

之前已约好，翌日早八点从汤野出发。我戴上从公共浴池旁那家店里买的鸭舌帽，把高等学校配给的学生制帽塞进书包，朝街边小客栈走去。二楼窗户全都大敞着，我便不以为意，上到二楼，只见艺人们尚未起身，还在睡着。我不知所措，呆立在走廊中。

舞女躺在我脚边的铺盖上，羞红了脸，猛地用双手捂住脸蛋。她和小点的姑娘睡一个铺盖，脸上残留着昨夜的浓妆，嘴唇和眼角透出一抹微红。这颇富情趣的睡姿使我心潮澎湃。她像怕光似的，迅速翻了个身，依旧用手遮住脸蛋，滑出被窝，跪坐到走廊上。

“谢谢您昨晚招待我们。”说着，她动作优美，施了一礼。我直挺挺地站着，不知如何是好。

汉子和大点的姑娘睡一个铺盖。要不是瞧见这光景，根本看不出他俩是夫妻。

“实在很抱歉，本打算今天出发，可今晚有客，要办宴会，我们决定推迟一天。要是您非今天启程不可，就在下田相见吧。我们订的客栈叫‘甲州屋’，一打听就知道啦。”四十出头的妇女从铺盖上支起半截身子，说道。

我有种被人抛下的感觉。

“不能明天再走吗？我不知道阿妈推迟了一天。还是路上有个伴儿的好，明天一起走吧。”

汉子说完后，四十出头的妇女又接上话。

“就这么办吧。难得您一路相伴，我们却擅自延期，实在过意不去。不过，明儿就算天上下刀子，也得启程。后天是我没出世的外孙四十九天祭日，我们老早就打算在下田做七七，为他超度。一直在赶路，也是为了提前赶到下田。絮叨这种事真是唐突，但我们好像特别有缘，后天，请一起参加祭拜吧。”

于是，我也决定推迟出发，走下楼梯。在肮脏的账房柜台处边等候大家起床边与投宿的旅客闲聊时，汉子邀我去散步。沿街向南稍微走走有座漂亮的小桥，他倚着小桥护栏，再次谈起自己的身世。他说他在东京短期加入过一个新派剧剧团，听说剧团现在也时不时在大岛港口做演出。刀鞘像条腿儿似的，从他们的行李包袱中伸出来。他们也会在酒席上给人表演仿新派剧。柳编行李箱里装的是戏服和锅碗瓢盆等生活用品。

“我自毁前程，落得个穷困潦倒的结果，家兄倒是在甲府出色地继承了家业。所以呀，我是个无用之人。”

“我一直以为你是长冈温泉的人呢。”

“是吗。大点的姑娘是我老婆，比你小一岁，今年十九。第二个孩子在漂泊的旅途中早产，不到一个星期就断了气，老婆的身子至今没好利索。那位中年妇女是她的生身母亲，舞女才是我亲妹妹。”

“哦，你说有个十四岁的妹妹，原来——”

“就是她呀。唯独这妹子，我不想让她干这行。可是，很多事情没那么简单，无可奈何。”

后来，他又告诉我他叫荣吉，妻子叫千代子，妹妹叫阿薰。另一个姑娘叫百合子，十七岁，只有她是大岛本地人，雇来的。荣吉看上去非常伤感，始终带着要哭的神情凝望河滩。

掉头走回去时，只见舞女已洗去脸上的脂粉，蹲在路旁，抚摸小狗的脑袋。我打算回自己的房间去，便说“欢迎你来玩”。

“嗯。可是，我一个人……”

“叫上哥哥嘛。”

“这就来。”

不一会儿，荣吉来到我住的旅店。

“大伙儿呢？”

“她们怕阿妈唠叨，就……”

然而，我俩刚下了一会儿五子棋，姑娘们就过了桥，一个接一个地上到二楼。和平时一样，她们端正地施了一礼，跪坐在走廊上，犹豫着。头一个站起身的是千代子。

“这是我的房间。来，请进，别客气，进来吧。”

玩了约一小时，艺人们走去这家旅店的室内浴池。她们再三邀我同去，可对方是三位年轻女子，我便委婉作答，说过会儿再去。很快地，舞女一个人跑上楼，转达千代子的话：“嫂嫂请您去，说要给您搓背。”

我没去浴池，和舞女下起五子棋。出人意料，她很厉害。进行淘汰赛时，荣吉和其他姑娘就很容易输给我。玩五子棋，一般人不是我的对手。跟她下棋，我全力以赴，不用刻意让子儿，心情很舒畅。因为是二人独处，起初，她隔着老远伸手落子，渐渐地，她入了神，全神贯注地扑在棋盘上，那头秀美到不自然的黑发几乎要触碰到我胸口。突然，她刷地一下脸红起来，说句“对不起，要挨骂了”，扔下棋子，飞奔而去。阿妈就站在公共浴池前。千代子跟百合子也慌慌张张地从浴池里出来，没上二楼，逃了回去。

这天，从早到晚，荣吉一直在我房间里玩乐。淳朴又亲切的旅店老板娘告诫我说，请这种人吃饭纯属浪费钱。

入夜，我走去小客栈，舞女正跟着阿妈学拨三味线。一瞧见我，她就不弹了，阿妈训了她两句，她又抱起琴来。但凡歌声略高些，阿妈就会说：“不是说了吗，不用扯着嗓门唱！”

从客栈这边，能够望见荣吉被叫到对面饭馆的二楼酒席上，正在吟唱什么。

“那是在演什么？”

“那是……谣曲。”

“唱谣曲，气氛不搭呀。”

“他是个多面手，谁知道他会演什么呢。”

这时，一个四十来岁的男人拉开隔扇，说是请姑娘们吃饭，叫她们进屋。他在这家客栈租了一个房间，经营鸡肉涮锅店。舞女拿起筷子，同百合子一起走去隔壁房间，吃涮锅店老板吃剩的鸡肉锅。返回这边的房间时，男人轻轻拍了拍舞女的肩膀。阿妈板着脸，表情吓人。

"喂，别对这孩子毛手毛脚的，还是个黄花大闺女呢。"

舞女一口一个大叔地叫着，央求对方给她读《水户黄门漫游记》，然而，没读几行，对方便起身离去了。她不好意思对我说继续，就一遍又一遍地和阿妈说，像是希望阿妈来求我。我心怀某种期待，拿起讲谈读本，舞女果然轻快地挪动到我身旁。一开始读，她马上把脸凑过来，近得几乎要碰到我肩膀，一脸认真，眼中闪着光彩，全神贯注，凝视我的额头，眼皮都不眨一下。这似乎是她听人读书时的习惯，听鸡肉涮锅店老板读书时也几乎跟对方脸碰脸来着。我一直在观察她。乌溜溜的大眼睛顾盼生辉，是身上最美的地方；双眼皮带出的线条有种说不出的好看；还有，笑起来像朵鲜花。"笑得像花儿一样"这修辞用在她身上，是句大实话。

不一会儿，饭馆女佣来接舞女。舞女穿好戏服，对我说："去去就回。等会儿回来，请接着给我读。"随后，她来到走廊上，双手伏地，说："我走了。"

"千万不要开口唱歌。"阿妈说。听罢，舞女提起太鼓，点了点头。阿妈又转头对我说："她正处在变声期……"

舞女在饭馆二楼规规矩矩地坐着，一直在敲鼓。那背影近在咫尺，仿佛就坐在我身旁。太鼓声牵动着我的心，我心情舒畅。

"鼓声一响，席上就热闹起来了。"阿妈望了望那边。

千代子和百合子也去到那边做表演。

约莫一小时后，四个人一起走回来。

“只拿到这些……”说着，舞女将一把攥在手心里的零散的五角钱银币交到阿妈手上。我又朗读了一会儿《水户黄门漫游记》，她们也再次谈起旅途中夭折的婴儿。据说，那婴儿生来就像水一样透明，连哭喊的力气都没有，即便如此，还是活了一个星期。

对她们，我既不好奇也不轻视，仿佛已完全忘记他们的身份是“江湖艺人”。这种自然而然的善意似乎深深沁入她们的心田。我下定决心，以后要找机会去往大岛，到她们家里去。

“老爷子住的那间屋就不错。地方宽敞不说，要是老爷子肯让出来到别处住去，也清静。您住多久都行，还可以用功学习。”她们彼此商量着，又对我说，“我们有两栋小房子，山上那间应该空着，没人住。”

她们还说，正月里要请我帮忙，因为到时要在波浮港做演出。

我渐渐明白了，她们的羁旅之情并不像我最初想象的那样深感世事艰难，而是一种不失田野气息的、悠然自得的心情。我还意识到，正因是母女、是兄妹，骨肉亲情将彼此间的种种情感联结在了一起。只有雇来的百合子总是那么腼腆，在我面前，始终少言寡语。

子时已过，我走出小客栈。姑娘们送我出门，舞女为我摆好木屐。她从门口探出头来，眺望明亮的夜空。

“啊，月亮出来啦。……明天到下田，可真高兴。要给宝宝做七七，阿妈会给我买新发梳，还有好多好多事要做呢。您带我去看影戏，好不好？”

江湖艺人辗转于伊豆和相模的各温泉浴场间，下田港就是那漂泊在外的故乡。这个小镇，飘荡着一股令人眷恋的氛围。

五

跟翻越天城岭时一样，艺人们各自背各自的行李。小狗把前爪搭在阿妈的臂弯处，露出一副惯于旅行的表情。走出汤野，又进了山。海上晨曦温暖地照耀在半山腰上，我们眺望着初升的太阳。奔流的河津川前方，河津的沿海地带明朗地铺展开来。

“那就是大岛吧。”

“看着真的好大，欢迎来玩呀。”舞女说。

或许因秋日朗空格外晴好，海天交界处，雾霭如春霞般朦胧。从这里到下田要走二十多公里。有段路程，海面时隐时现。千代子悠闲地唱起歌来。

路上，她们问我，是爬爬山，走有些险峻但近两公里的捷径，还是走平坦大道？我当然选择抄近路。

坡度陡峭的林间山路铺满落叶，一步一滑。我上气不接下气，反倒豁出去了，伸出手掌抵住膝盖，加快步伐。转眼间，一行人便落在我身后，只听见林间传来她们的说话声。舞女使劲撩起和服下摆，独自一人，亦步亦趋，紧跟着我。她在后面走着，与我保持不到两米的距离，既不缩短间隔，也不拉开距离。回过头同她攀谈，她便吃惊似的嫣然一笑，停住脚步回话。舞女开口搭话时，我也站定了等，希望她赶上来，可她仍旧驻足不前，非等我迈步向前，她才肯再走。山路蜿蜒曲折，愈发险峻，我越走越快。舞女依然与我保持不到两米的距离，埋头攀爬。山峦寂静，其他人已落得很远，连说话声都听不到了。

“家在东京什么地方？”

“没有家，住学校宿舍。”

“东京我也知道些的，赏樱时节去跳过舞，但现在已经没印象了，那时还很小。”

随后，父亲是否健在啦，有没有去过甲府啦，舞女断断续续问了我许多问题，还提起到下田后要去看影戏的事，又聊到那夭折的婴儿。

我俩爬上山顶。舞女卸下太鼓，把它放在枯草丛中的凳子上，用手绢擦汗。她刚要掸掉脚上的尘土，忽然蹲在我脚边，替我掸起裙裤下摆。我连忙向后退。舞女索性跪在地上，低头躬身，把我周身掸了个遍，之后，将撩起的和服下摆放下，对站着不动粗声喘息的我说："请坐。"

一群小鸟朝紧贴凳子的树上飞来。万籁俱寂，只听得鸟儿停留的枝头上枯叶正沙沙作响。

"为什么走那么快呢？"

舞女好像很热。咚咚，我用手指叩了叩太鼓，鸟儿们飞走了。

"哎，想喝水。"

"我去找找看。"

然而，很快地，舞女从泛黄的野树林间穿出，空手而归。

"在大岛时，你都做些什么？"

见我问，舞女忽地列举出两三个女孩的名字，讲了起来。我听的云里雾里。内容好像不关乎大岛，讲的是甲府，讲她念到普通小学二年级之前认识的小学同学。她天马行空地讲着。

等了十多分钟，三个年轻人爬上山顶。又过了十分钟，阿妈才到。

下山时，我和荣吉有意殿后，边慢悠悠地聊天边迈步向前。刚走出两百多米，舞女从下方跑上来。

“底下有泉水。阿妈说，请您赶一赶，大家都没喝，等着你们呢。”

听说有水喝，我就跑起来。汩汩清泉自树荫下的岩石间涌出，她们围拢住泉水，站在那儿。

“来，您先喝吧。手伸进去水会变浑，跟在女人后面喝不干净。”阿妈说。

我掬起一捧清凉的泉水，喝了水。姑娘们不愿轻易离开，她们拧干手巾，擦拭汗水。

下山后，一走入下田街道，就看见好几处烧炭冒出的青烟。我们坐在路旁的木材堆上歇脚。舞女蹲在路边，用一把淡粉色的插梳梳理小狗的长毛。

“梳子齿会断的！”阿妈责备说。

“没关系，在下田买把新的嘛。”

还在汤野时，就想跟舞女讨要这把插在她额发上的插梳。所以，我想，她不该用这梳子梳理狗毛。

见路的另一侧立着很多捆竹竿，我和荣吉商量，说很适合拿来当手杖，率先站起身来。舞女跑着追上我俩，拿来一根比自己还高的粗竹竿。

“你干什么？”

荣吉一问，舞女有些慌张，她把竹竿朝我面前一递。

“当手杖用。我捡了一根最粗的。”

“这哪行呢。拿粗的，一看就晓得是偷来的。被人瞧见多不好，送回去。”

舞女折回放竹竿的地方，又跑回来。这回，给我拿了一根中指粗细的。随后，像有人在背后撞了她似的，她歪倒在田埂上，气喘吁吁，等待着其他人。

我和荣吉始终走在前面，领先她们十多米远。

“把那颗牙拔掉，装上金牙就行，没大碍的。”

舞女的声音忽地传进我耳朵。回头一看，舞女和千代子并肩走着，阿妈和百合子稍稍落后。千代子似乎并未察觉到我回头。

“倒也是。你去跟他讲，怎么样？”

好像在议论我。可能是千代子说我牙齿不整齐，舞女才说，让我去镶金牙。议论我的长相并不会使我不快，且因已对她们产生亲近之心，亦不至竖起耳朵去听。她们又低声谈论了一阵子，我听见舞女说了这话——

“是个好人呢。”

“是啊，人看着不错。”

“真是个好人啊，好人就是好嘛。”

措辞带着单纯又敞亮的余韵，这自然流露的情感之音天真地呈现于人前，连我自己，都能直白地体会到自己是个好人。我心头大亮，抬眼望了望明亮的山峦，眼中微微酸痛。二十岁的我一再严格自省，反省自己那被孤儿宿命扭曲了的性格。正因无法忍受那令人窒息的忧郁感，我才踏上这趟伊豆之旅。因此，有人肯在世俗的意义上把我看成一个好人，我心中感激不尽。群山如此明亮，因为已接近下田海边。我挥舞着刚才她给的竹竿，削断不少秋草尖儿。

沿途，每个村庄的入口处都竖着一块牌子——

乞讨的江湖艺人禁止入内

六

一进下田北口，小客栈“甲州屋”就在眼前。我跟在艺人们身后，登上仿佛阁楼构造的二楼。这里没有天花板，窗户临街，我坐在窗边，脑袋几乎要碰到房顶。

“肩膀疼不疼？”“手疼不疼？”阿妈反复叮问舞女。

舞女摆出敲太鼓时的漂亮手势。

“不疼。能敲呀，能行的。”

“那就好。”

我试着把鼓提起来。

“哎呀，可真重。”

“比你想象的要重哦，比你的书包还重呢。”舞女笑了。

艺人们亲切地和投宿同一客栈的旅人们寒暄着。果然，这里住的都是些卖艺人和卖货郎。下田港就像这些候鸟的归巢。店里的小孩摇摇晃晃地走进房间，舞女拿给他几个铜板。我刚要走出“甲州屋”，舞女抢先走到大门口，替我摆好木屐，随后，再次自言自语般小声说道：“请带我去看影戏。”

我和荣吉找了个貌似地痞的男子带路，走了一段，去一家旅店，据说店主是前镇长。浴罢，我们一起吃午饭，配菜是新鲜的鱼。

“明天做法事，拿这个买束花给孩子上供吧。”说着，我把一小包为数不多的钱给了荣吉，让他带回去，我则不得不搭乘明早第一班船回东京，因为旅费已全部花光。我对艺人们说学校里有事要处理，她们便不好再强留我。

吃完午饭不到三个小时，又吃晚饭。我过了桥，一个人朝下田北口走去，爬上轮廓很像富士山的下田富士，眺望海港的景致。回来的路上顺道走去“甲州屋”，正赶上艺人们在吃鸡肉火锅。

“您也尝一口，如何？女人的筷子先下锅虽不洁净，倒也能当笑料讲呢。”说罢，阿妈打开行李取出碗筷，让百合子洗净拿来。

明天是宝宝四十九天祭日，哪怕推迟一天走也好啊，大家再次进行劝说，但我拿学校做挡箭牌，没有答应她们。

“那，放寒假时，大伙儿到码头去接您。请来信定好日子，我们等着。住旅店怪没意思的，我们去码头接您。”阿妈反复念叨。

屋里只剩千代子跟百合子时，我邀她们去看影戏。千代子做出按住腹部的动作，说：“我身体不好，今天走了那么多路，吃不消啦。”

她脸色苍白，看起来已精疲力竭。百合子拘谨地低着头。舞女正在楼下和店里的小孩做游戏，一瞧见我，就缠住阿妈，央求对方同意她去看影戏。可结果，她神色黯然，茫然若失似的回到我身边，替我摆好木屐。

“为什么呢。就让她一个人跟去，不好吗？”荣吉从旁插话。

然而，阿妈似乎不应允。为什么只她一个人就不能去呢？我着实感到奇怪。即将迈出大门时，舞女正在抚摸小狗的脑袋。她看起来很冷淡，我很难同她搭话。她似乎连抬头望一望我的勇气也没有了。

我独自一人去看影戏。女解说员在煤油灯下读影片解说词。我立刻走出屋外，返回旅店。我把胳膊肘支在窗台上，眺望夜色中的小镇，看了许久。那是黑洞洞的街景。我有种错觉，仿佛听到远处不断传来微弱的太鼓声。不知怎的，眼泪扑簌簌地落下来。

七

动身那天，清早七点，正吃早饭，荣吉站在大街上喊我。他穿件带家徽的黑羽织，似乎因着为我送行而穿。姑娘们并未露面。寂寥之情旋即涌上心头。

荣吉上了楼，走进我房间，说道："大家原本也要来送行，可昨夜睡得太晚，今早起不来，叫我过来赔礼道歉。她们说'冬天等您来'，一定要来呀。"

秋日清晨，秋风萧瑟，街上很冷。半路上，荣吉给我买了四包敷岛牌卷烟，还有柿子和薰牌口腔清凉剂。

"我妹妹叫阿薰嘛。"他笑眯眯地对我说，"在船上吃橘子不好，但柿子治晕船很管用，可以吃。"

"这个送你吧。"

我摘下便帽，戴在荣吉头上，又从书包里取出学生制帽，抚平皱褶。我俩都笑了。

快到码头时，舞女那蹲在海边的倩影一下子闯进我心坎里。她一动不动，默默低头看地，直到我们走近她身旁。她仍是昨夜那化了妆的模样，使我更加心潮澎湃。眼角的一抹红为她这仿佛蕴含着怒气的脸蛋增添几分带有天真感的凛然气质。

荣吉问："其他人也来了？"

舞女摇了摇头。

"大家还睡着？"

舞女点了点头。

趁荣吉去买渡轮船票和舢板船乘坐券的当儿，我找了许多话题同她搭话，可她始终低头凝视运河入海的地方，一言不发。每次开口，不等我讲完，她便一个劲儿地点头，只是点头。

这时，"老婆婆，这个人合适！"一个建筑工模样的汉子向我走来。

"学生仔，您是去东京吧？我觉着您可信，想托您办点事。把这位阿婆带到东京，行不？阿婆挺可怜的，儿子在莲台寺的银矿上干活，染上最近这波流感，儿子和儿媳全死了，只留下三个这么点儿的小孙子。没奈何，俺们商量着，还是得送她回老家。老家在水户。阿婆不认路，到了灵岸岛，您把她送上去上野的电车就行。给您添麻烦了，俺们给您作揖，拜托啦。唉，您瞧这光景，任谁看了都会觉得可怜吧。"

阿婆呆呆地站着，背上绑一个还在吃奶的小娃娃，左右手各牵一个小女孩，小的顶多三岁，大的也不过五岁，脏兮兮的包袱里带着大饭团和梅干等干粮，五六个矿工正在安慰她。我爽快地答应下来，答应照看阿婆。

“全靠你啦。”

“谢谢啊！俺们本该护送她去水户，可实在去不了。”矿工们纷纷向我致谢。

舢板船晃得很厉害。舞女依然紧闭双唇，凝视着那个方向。我抓住绳梯回头看时，舞女似乎想说声再见，但还是没说出口，只是又一次地点了点头。舢板船折回去了。荣吉不断挥动我刚刚送他的那顶便帽。船已开出很远，舞女才开始挥舞手里拿着的白色物什。

我凭栏远眺，全神贯注地眺望海面上的大岛，直到轮船驶出下田一带，伊豆半岛的南端也消失在船身后方的海面上。同舞女离别，仿佛已是许久以前的事。阿婆怎么样了？瞧瞧船舱里头，只见许多人围坐在她身边，正在百般安抚她。我放下心来，走进旁边的船舱。相模湾附近风浪很大，落座后，船时不时左摇右晃，船员挨个分发金属小盆。我拿书包当枕头，躺了下来，脑中一片空白，已然没有时间概念。泪水滴滴答答，落在书包上，脸颊凉飕飕的，只得将书包翻过来枕。身边躺着一位少年，他是河津一个工厂老板的儿子，去东京参加入学考试，见我戴顶第一高等学校的学生制帽，似乎对我颇有好感。

“您是不是遇见什么倒霉事了？”聊过几句后，他问。

“不，刚刚同一个人告别了。”我非常坦率地说。

就算被人看到正在哭泣，我也毫不在意。我什么都没想，只想在这份清爽的满足感中静静地睡上一觉。

不知不觉中，海面上暗下来，网代和热海地区亮起灯光。肌肤感受到寒意，肚子也饿了。少年拆开竹叶裹住的食物。我好像忘记了这是人家的东西，抓起海苔卷就吃，吃罢，又钻进少年的披风。我处在一种既美好又空虚的心境当中，即不管他人如何亲切待我，我都能非常自然地接受。明天一大早，我要带着阿婆到上野车站去买前往水户的车票，我想，这也是理应尽责之事。我能感觉到，一切的一切都已融为一体。

船舱里的煤油灯熄灭了，船上堆着的生鱼和潮水的气味越发浓重。黑暗中，少年的体温温暖着我，我任凭泪水肆意流淌。我的脑中意识已化作一泓清水，水珠纷纷落下，它们流净后，我内心甘美愉悦，仿佛空空如也，再无牵挂。

少男少女和板车

少男少女坐在路旁一辆板车的两端，四五人一组并排坐着，把板车当成咯噔咯噔响的跷跷板玩，连晚饭都忘记吃了，车轴被压得咯吱作响。男孩紧紧搂住女孩的肩膀，女孩把手撑在男孩的膝盖上或车身上，每次脚着地，就使劲一蹬，让跷跷板一起一落——暮色渐沉，夏日傍晚，光线昏暗，勾勒出这小小的一景。行人稀疏，并且，脚步都是急匆匆的。

“咯吱，嘎吱，上面是老爷，下面是乞丐……”和着跷跷板的节奏，孩子们不停地唱着。

突然，搂着两个女孩肩膀的、十二三岁眉形秀丽的男孩把两只手都松开，回过头来喊道：“该换人啦！换一拨人！”

“干什么？不换也挺好嘛。别多事，跷快点！”他对面，一个背对着他的孩子答道。

“不换人没意思。这样，坐在车把上的人太吃亏了！跷不高嘛。”

“哎哟哟！胡说，你胡说。不信，你瞧，不是跷得一样高吗？”一个格外显眼的十二三岁美少女甩了甩短至肩膀的短发发梢，转过头来。

“百合子，你闭嘴。背靠背的人是不知道高低的，但我看见了。坐在车把上的人太亏了。”

“龙雄，你也不知道吧。”

“不换人，我就不玩啦。”

“坐在车把上的人也不亏嘛。换来换去，多麻烦呀！还是赶紧蹬吧。”

“不蹬！”

“不蹬拉倒！我知道你为什么不乐意，嘻，你想跟百合子一个组嘛。”一个少年语带嘲讽，边搂住百合子的肩膀边同龙雄争辩。

龙雄刷地一下从车上跳了下来，双手抓住车把。同一瞬间，觉察到自己的视线迅速同回过头来的百合子碰在一起时，他脸红了，秀丽的眉宇间浮起明显的敌意，答道：“你不也是？你也想跟百合子一个组，所以，你才不愿意换。”

百合子从车上下来，满脸通红，立在那里。她不甘示弱，出人意料地转向与龙雄争吵的一方，断然说道：

“春三，我讨厌你这样说话！算了，我要和龙雄一组。”

“什么？女孩子家，玩什么跷跷板，疯丫头。”春三转过身来。

“女孩子不能玩？”

“不能。车主一来，女孩子家逃不了。要是挨打，我可不管你。”

“谁敢打我？车铺的叔叔经常来我家呢。”

“什么？什么经常去你家？我也坐过车呀。”

“哎哟！什么时候？”

龙雄对春三和百合子的对话毫不在意，他心情平和，像还没玩够似的，平静地说：“怎么组队都行，再玩一次，来！”

“嗯，好。好是好，不过，我要和龙雄一组。”

春三还是个孩子，貌似讨人嫌的百合子伤害了他的自尊，并且，他完全被她压制住了。

“你们女的怎么回事！我才不愿意跟女孩在一组呢。没有哪个男孩愿意跟女孩在一组。喂，龙雄，咱们男孩组成一队，好吗？”

“怎么都行，快点开始吧！”龙雄老老实实地听从了春三的意见，十分大度。

“好吧。我不跟龙雄这家伙组队了，跟谁一组都行。”

“可是，男女分开恐怕不行。女孩太轻，没意思。”春三脱口而出。

百合子的眼眸里带着火花。她转向龙雄，仿佛在说，“瞧！我说什么来着，春三这个笨蛋”！

可是，对少女这番心思，龙雄并没有回以最为恰当的眼神。因此，百合子说：“女孩才不轻呢。”

“说什么呢！就是轻。胆小鬼就是轻嘛！”再次受到伤害的春三射出了锐利的目光。

“女孩不轻。那样算沉的了吧。”

龙雄平和地插了一句。

“百合子，你就爱逞强。劝你算了，你肯定要输的。”

“龙雄，你这个胆小鬼，我才不会输。来吧。”

百合子回头看了看其他女孩。数了一下，少男五人，少女五人，除他们三人以外，其他孩子都小上二三岁。

“吹牛。行，来吧，比比看。喂，龙雄，比比看，看看哪边沉。”

百合子眯着眼，表情可爱。她稍微想了想，忽然微微一笑，看起来天真烂漫。

她跃跃欲试，说道：“来呀，比比看。我不会输的，瞧着吧！嘿，快来呀！”

百合子跑过去，紧紧攥住车把的前端，然后，在凑过来的女孩耳边悄悄说话，笑嘻嘻的，笑个不停。

“太狡猾啦，你耍滑头！百合子，耍滑头可不行呀。攥住车把的一头，太狡猾啦。得攥住车身呀！”龙雄不管不顾地叫喊着。

“还用你说，不这样，我就会输啊。我无所谓，其他孩子都比我小嘛。”

春三再也无法沉默。

“耍滑头，那就不玩了。女人真狡猾。”

“男人才滑头呢，不是吗？我这样，你就赢不了吧。什么男子汉，胆小鬼！”

“当然能赢。别逞能，你这个疯丫头。”

春三虽然没有输，但是，攥住车尾的男孩们，脚全都毫不费力地离了地面，跷了上去。远离车轴的、在车把这一端的百合子和女孩们喜不自胜。

“赢了，赢了！瞧啊，男的是软蛋，男的是胆小鬼！”

“输个屁。我们决不会认输！”春三破口大骂，冲男孩们嘀咕了几句，忽然一声号令：“听着！一、二、三！”五个男孩绷紧胳膊和腹部，一起使劲，车子猛地压了下来。

于是，攥住车把的百合子被强推了上去。被反作用力冲击，她松开了手，四脚朝天猛然摔落在地，漂亮的和服单衣下摆向上卷起，像被风掀开一样。她赶紧合拢下摆，迅速转身俯卧在地，翻了个身子，用袖兜捂住脸，抽抽搭搭地哭起来，没有站起身。

幸好其他女孩没松手。

“哎呀！”

吃惊的少男少女们跑到摔倒的百合子身边。春三偷偷瞧了一眼百合子的脸，认定她只是摔倒，说道：“就爱哭！所以说嘛，女孩子就是胆小鬼，动不动就哭。”

一听这话，百合子立即站起来，可她依旧用袖兜捂住脸，带着呜咽，断断续续地说：

“好，等着瞧，我告诉爸爸去！妈妈早就说了，‘别跟春三那孩子玩’。还有，龙雄，你太过分了，太过分了！”

随后，她转过身去，跑到种着许多梧桐树的半洋式房子的门前，把脸贴在门上，轻轻抽动肩膀。

“怎么，要回家？你家根本就是乡下土包子。我家嘛，根本不认识你父亲。”

说罢，春三似乎在鼓励其他孩子，要么继续玩跷跷板，要么玩个新游戏。可是，龙雄和少男少女们都惦记着靠在门上哭泣的百合子，并且，都想家了。

一脸失望的春三大概看透了靠在门上却不想开门的百合子的心思，忽地跑到她身边，贴近她的耳朵。少女一转身，把脸扭了过去。他追着少女，抱着人家不撒手，执拗地对她耳语。

百合子轻轻点了点头，正视春三，目光碰在一起。她羞涩地笑了，再次点了点头。随后，春三和百合子折回板车所在的地方。

这回，龙雄、春三、百合子和另一个女孩组了队。板车的另一边，坐着比他们年少的六个孩子。龙雄和春三把胳膊搭在百合子肩上，又开始蹬起跷跷板。

五分钟后，突然间，大滴大滴的雨点在花朵凋谢嫩叶萌生的樱树间跃动，又一滴滴落在地面上，敲打在板车上。在此之前，孩子们都没想起来，应该仰望一下黑压压的天空。

“哎哟，是雷阵雨，凉飕飕的。淋湿啦，都淋湿啦！”

“这点雨算什么，湿就湿呗。”

少女想要站起来，少年们用胳膊使劲按住她们的肩膀，咯噔咯噔，加快了脚蹬跷跷板的节奏。

“不玩了！我说啦，玩了！太冷了，会挨骂的！”

雷阵雨越下越大，把街道装点得更加爽快。

“下雨啦，天色……”春三高呼着，跳了起来。男孩们一溜烟似的，都跑了。

“哎呀，太过分了！”百合子喊道。

倾盆大雨中，板车上，只剩下形单影只的百合子。

蚂蚱与金琵琶

沿着大学校园的砖墙步行又偏离砖墙来到高等学校门口，这时，我听见围着白色立杆的操场里传来虫鸣声。声音从黑漆漆的、花朵堪堪凋谢嫩叶已然萌生的樱树下的幽暗草丛中传出。虫鸣声促使我稍稍放慢脚步，侧耳细听，如此，我便更加怜惜这声音，不忍离开校园。随后，我向右折，又向左拐。出现在眼前的不是立杆，而是一道栽着枸橘的河堤。咦？左侧拐角处有东西在闪光，映入我眼帘。我匆匆跑过去。

前方河堤下，五颜六色的可爱灯笼聚集在一起。灯光摇曳，似乎在庆祝寂静村庄里举办的稻荷祭。就算不靠近，也能看明白，孩子们正在河堤的草丛中捉虫子。足足二十个灯笼。这些灯笼，不仅赤橙黄绿青蓝紫都有，且每个灯笼都单独释放出五颜六色的光芒。小巧的红色灯笼像是在商店里买来的，不过，大部分可爱的方形灯笼是孩子们自己动脑筋亲手制作的。二十个孩子聚集在这静悄悄的河堤上，摇晃着美丽的灯笼，此情此景，多么像一篇童话啊！

一天夜里，这条街上的一个孩子在河堤上听见虫鸣声。第二天晚上，他买了一个红色灯笼，去搜寻鸣虫的所在。第三天，又来了一个孩子，人变成两个。新来的孩子买不起灯笼，就找来小纸盒，将前后剪掉，糊上薄纸，在盒底立一根蜡烛，顶上系一根绳子。孩子增至五人，后来，又扩大到七人。他们学会了如何在剪好的纸盒外糊上采光薄纸，学会了如何画出五颜六色的画。这些充满智慧的小艺术家还在纸盒上开了许多小洞，有圆形，三角形，菱形，还有树叶形。他们为小小的采光窗涂上不同的颜色，用圆形、菱形、红色绿色组成一整套装饰图案。买红色灯笼的孩子扔掉了在商店就能买到的毫无特色的灯笼，提着自制灯笼的孩子也扔掉了设计简单的灯笼。第二天，孩子们就不满足于昨晚提过灯笼上的花样了。白天，他们又找来纸盒、薄纸、画笔、剪刀、小刀和糨糊，一心创作超越昨天的灯笼。晚上出门捉虫时，他们大概会想：“我的灯笼啊，你是最珍奇、最美丽的！”二十个孩子和美丽的灯笼就是这样出现在我眼前的吧。

我睁大双眼，凝神伫立。方形灯笼剪成古代灯笼的式样，不仅剪出花样，还在上面用片假名刻出诸如“吉彦”“绫子”等制作者的名字。这与在红灯笼上画画不一样，这得把厚纸盒挖出小洞，再贴上薄纸，烛光便只能透过这些带着花样的小洞照射出来，显现出花样的色彩与形状。二十个灯笼照亮了草丛，孩子们全都蹲在河堤上，专心致志地搜索虫鸣声。

“有没有人想要蚂蚱？蚂蚱！”一个男孩站起来，冷不丁说道。只有他一人蹲在距离其他孩子八九米远的地方窥视草丛。

“给我！给我！”

六七个孩子立刻簇拥过来，一个叠一个，趴在发现虫子的孩子的背上，也窥视着草丛。那孩子扒拉开这些跑过来的孩子伸出的手，像守护有虫子的草丛似的张开双臂，摆好姿势。他右手摇晃灯笼，又冲相隔八九米远的孩子们喊了一嗓子。

“有没有人想要蚂蚱？蚂蚱！”

“给我！给我！”

四五个孩子簇拥过来，像再也抓不到比蚂蚱更好的虫子了似的。

男孩第三次喊道：“有没有人想要蚂蚱？”

两三个孩子簇拥过来。

“我要！我要！”刚跑过来的女孩站在发现虫子的男孩身后说道。

男孩灵巧地回过身，老老实实地弯下腰，将灯笼换到左手，右手伸进草丛中。

“是蚂蚱哦。”

“行啦，我要！”

男孩立刻直起腰，说声“给你”，把攥紧的拳头伸到女孩面前。女孩把左手拎着的灯笼绳挂在手腕上，双手围拢住男孩的拳头。男孩轻轻将拳头松开，虫子爬进女孩的拇指和食指间。

“哎哟，是金琵琶！不是蚂蚱。”女孩望着褐色的小虫，眼睛闪闪发光。

“是金琵琶！是金琵琶啊！”

孩子们扬起一片羡慕的欢呼声。

“是金琵琶！是金琵琶啊！”

女孩用那双明亮而智慧的眼睛瞟了一眼给她虫子的男孩，解下挂在腰间的笼子，把虫子放进去。

“是金琵琶。”

“是啊，是金琵琶！”抓到金琵琶的男孩小声嘟囔。

女孩把虫笼举到眼前，看入了迷。男孩举起自己那只五彩缤纷的灯笼，为女孩照亮。他悄悄凝望着女孩的脸。

原来是这样！我不免有些讨厌那男孩，同时，为自己竟这般愚蠢而叹息。直到此刻，我才明白方才那男孩的所作所为。啊！还有更叫人吃惊的呢。瞧瞧那女孩的前胸！给她虫子的男孩，接受虫子的女孩，直勾勾地望着他俩的孩子们，都没有察觉到这一点。

映在女孩前胸的绿色微光清晰幻化出“不二夫”三个字，不是吗？原来，在举起笼子的女孩身边，男孩打着剪成透亮花样的灯笼，灯笼离女孩的白色浴衣很近，剪出男孩名字“不二夫”三个字的地方贴着绿纸，形状和色彩原封不动地映照在女孩胸前。女孩的灯笼仍然挂在她左腕上，慵懒地垂落下来，虽然不像“不二夫”三个字那样清晰，却在男孩腰间附近摇曳着。那红色的亮光，仔细一看，可以分辨出“清子”二字。绿光与红光在嬉戏——可能是嬉戏吧——不二夫和清子却全然不知。

就算不二夫把给出金琵琶的事永远记在心间，清子也把接受金琵琶的事永远记在心间，若他们做梦也想不到事情是这样的，这段往事便无从回忆。不二夫哪会想到自己的名字会透过绿光映在清子前胸、清子的名字会透过红光映在自己的腰间呢？同样，清子哪会料到自己的前胸会落下绿光映出的不二夫三个字、不二夫的腰间会落下红光映出的自己的名字呢？

少年不二夫啊，当你迎来青春期的时候，愿你依然能对姑娘说声“是蚂蚱哦”，然后，将金琵琶送给她，望着她喜滋滋说声“哎哟”，给予她会心一笑。或者，也可以说声“是金琵琶哦”，然后，将蚂蚱送给她，望着她悲切切地说声“哎呀”，给予她会心一笑。

再有，就算你有智慧，能够独自在远离其他孩子的草丛中寻觅虫子，也不见得次次都能找到金琵琶。或许，你抓住的是蚂蚱一样的女人，却完全相信她是金琵琶。

最后，由于你的心已经蒙上了暗影，若有朝一日你把真正的金琵琶也看成蚂蚱并深感人世间充斥着蚂蚱，到那时，我也许会遗憾地认为：你压根就没办法回忆起今宵你那美丽的灯笼散发出的绿光在少女胸前幻化出的光之嬉戏。

五角银币

一

月初，母亲领到两元零花钱，她照例亲手将五角银币装进芳子的蛙嘴式金属搭扣小钱包。

那时，五角银币已很少见。这些看起来很轻却很有分量的银币装在红色皮革小钱包里，塞得满满的。在芳子看来，这钱包，洋溢着一种威风凛凛的气派。她很小心，这五角银币零花钱从不乱花，大多数时候，直到月末，都会一直收在手提包里的蛙嘴式金属搭扣小钱包里。

跟单位同事一起看电影或一起上茶馆，这类女孩子的享乐方式，芳子并不排斥。不过，她把这些看成生活以外的东西，从不问津。由于没有经验，也就感觉不到这种享受有什么诱惑力。

芳子爱吃咸味长面包。除了每周一次下班回家顺便去百货商店花一角钱买一条这种长面包之外，她从未花自己的钱买过什么。

有一天，她在三越百货卖文具的柜台前看见一只玻璃镇纸。镇纸是六角形的，上面雕着一只狗。这狗太可爱，她终于伸手拿起镇纸看了看。突如其来的冰凉和意想不到的重量忽地给了她一股愉悦感。芳子喜欢这种精巧的手工艺品，不禁被它所吸引。她用掌心托着镇纸，端详了老半天，才依依不舍地轻轻将它放回原来的盒子里。镇纸标价四角。

第二天，她又来了，同样看入了迷。第三天，她还是来了。就这样，一连看了十天，她总算下定决心，要买。

“我要这个。”说这句话时，她兴奋极了。

回到家里，母亲和姐姐笑话她，说：“买了个像玩具似的玩意儿啊？”

可当她们把镇纸拿到手里端详的时候，又说，“也是，做得是蛮漂亮的”“工艺很精巧啊”。

她们在灯光下欣赏。

磨得很光亮的玻璃面和像毛玻璃般朦胧的浮雕巧妙地糅合在一起，六角形的切法也很精巧，很有格调。在芳子看来，这是一件精美的艺术品。

花了七八天的工夫，才得以拥有这件物品，芳子认定，这件东西是有价值的。别人爱说什么说什么，能够得到母亲和姐姐的赞许，她还是颇为心满意足的。

为了买一件只值四角钱的东西，竟花了近十天的时间，这或许会遭人耻笑，说她小题大做。可是，不这样做，芳子不甘心。她不会随随便便地认为一个东西不错，只凭一时的冲动就买下，尔后，又吃后悔药。既然如此，就花上几天仔细观察，直到能够做出判断——十七岁的芳子，本不需要深思熟虑到这个程度。然而，钱是很重要的东西，这一认知，深深地刻在了她的脑子里。廉价消费，会使她感到莫名恐惧。

三年过去了，每当大家提起镇纸一事哄堂大笑时，母亲总是深沉地说："那时候，她真可爱啊。"

芳子的所有东西，每一件都有一段插曲。每个插曲，都会惹人发笑。

二

买东西时，从顶层依次往下走，边走边买比较方便，因此，她们先乘电梯到了五楼。母亲邀她来，芳子难得在星期天来一趟三越百货。

那天，买完东西下到一楼，母亲十分自然地奔向地下一层，往特卖场走。

“挤成那样，妈，我不想进去。”芳子小声嘟囔。

母亲没听见。她好像被特卖场那种争先恐后的气氛给感染了。

特卖场就像专门让人浪费金钱一样而设立，妈妈是怎么回事？芳子想看个究竟，便同母亲保持距离，跟在后面。这里开着冷气，并不使人感到闷热。

母亲先买了三本二角五分钱的信笺。她回头瞧了瞧芳子，二人会心一笑。近来，母亲经常使用芳子的信笺，每次都遭到芳子的抱怨。现在买了新的，就可相安无事。所以，两人心照不宣地对视了一下。

出售厨房用品和贴身衣物的柜台前挤得水泄不通，母亲被吸引过去了。可是，母亲没有勇气拨开人群。她时而踮着脚探头瞧瞧，时而从前方人群的胳膊缝隙中伸出手去摸摸，然而，她一件都没买。她似乎有点不痛快，又有点不甘心，向出口走去。就在出口附近，母亲抓起一把洋伞，说：“哎哟，这伞只卖九角五分？不错。”

母亲在一摞洋伞中挑来挑去，每一把都贴着九角五分的价签，她大吃一惊。

“真便宜呀，芳子。这不是挺便宜的吗？”

说着，她突然变得神采飞扬，刚才那疙疙瘩瘩的、犹豫不决的、依依不舍的心情，仿佛找到了发泄口。

“你看，是不是很便宜？”

“确实。”芳子拿起一把，看了看。

母亲自己也拿起一把，打开看了，说道：“光这伞架，就值这个价钱了。伞面嘛，虽然是人造丝，倒也挺结实的，不是吗？”

这么好的东西，为什么标这个价来卖呢？芳子忽地想到这一层，心头反而涌起一股莫名其妙的反感，仿佛自己是个残疾人，被强迫着做事。母亲只顾拼命翻找，寻找与自己年龄相配的伞，时不时打开看看。芳子等了一会，说：“妈，平时用的伞，家里有的。”

“哦，不过，那把伞……”说着，母亲看了芳子一眼，“已经用了十年，不，时间更长，可能用了十五年，都用旧了，样子也老气。再说，芳子，就是买把伞送人，人家也会高兴呀。”

“是啊，送人的话，倒是不错。”

“不管送谁，对方都会高兴的。”

芳子笑了。母亲大概是给想象中的什么人挑选吧。她身边没有这样的人。要是有，不至于说不出具体姓名。

“哎，芳子，这把怎么样？”

“唔。”

芳子依旧淡淡地应声，并不积极。不过，她还是走近母亲身边，为母亲挑选与她相合的伞。

身穿轻薄的人造丝衣裳的妇女们都说便宜，一个接一个地过来买，不假思索，拿了就走。

母亲表情紧绷，满脸通红。芳子觉得母亲很可怜，对自己的优柔寡断，她有点恼火。

“随便挑一把，赶紧买完得了。”芳子本想这么说，可她又把身子转了过去。

“芳子，算了，不买了。”

“啊？”

母亲的嘴角浮现出一丝笑意，像要拂掉什么似的，把手搭在芳子的肩上，离开了特卖场。这下子，芳子倒像有点留恋，走了五六步，心情才又爽快起来。

她抓起母亲放在自己肩上的手，紧紧握住，用力晃了一下，与母亲肩并肩，贴得紧紧的，急匆匆地走向出口。

这是距今七年前，即昭和十四年的事了。

三

芳子住在战火烧过的镀锌铁小窝棚里，每逢下雨，她就觉得，要是当时买下那把洋伞就好了。芳子忽然想跟老家的母亲开句玩笑，“现在买把伞，得花一二百元呢”。可是，这位母亲早已在神田大火中被烧死了。

就算买下了那把洋伞，恐怕，也会被烧掉吧。

那方玻璃镇纸幸存下来了。横滨的婆家遭战火洗劫时，她拼命将手边的东西塞进一只紧急备用口袋，镇纸也夹了进去，这成为她少女时代唯一的纪念品。

一到傍晚，胡同里就传出附近姑娘们那奇妙的声音，据说，一夜之间，她们就能赚上千元。与这些姑娘一个岁数时，她考虑了七八天，才花四角钱买下一个镇纸。芳子突然拿起镇纸，想欣赏刻在上面的可爱小狗。这时，她才注意到，城镇四周的废墟上，一只狗也没有了。她心里咯噔一下，毛骨悚然。

温泉旅店

—— A 夏逝

一

她们像一群动物，赤裸裸地爬来爬去。

丰腴又朦胧的裸体——这些在微暗的热气深处用膝盖爬行的身躯光滑且黏腻，带着野兽般的姿态，唯有肩上的肌肉剧烈抽搐着，一派农忙时的景象。柔亮的黑发映衬出人类那无可言说的、鲜明的气息，简直像高贵又慈悲的水珠。

阿泷扔下刷子，忽地跃起，像跳木马一样越过天窗，跨过水沟，突然蹲了下来。伴着流水声，她低声说道：“秋天来啦。”

“真的，刮上秋风了。入秋后，避暑地一旦冷清下来，就像船儿全都开走了的港口。”澡堂子里传出阿雪那娇媚的声音，一种模仿热恋中的都市女子的声调。

“别胡说，小丫头片子。”阿芳用刷子敲了敲阿雪的腰。

“才八月初，东京人就一口一个秋天。他们以为山里常年刮秋风呢。”

“阿芳，我要是那位小姐，会把话说得更漂亮些。入秋后，避暑地一旦冷清下来，如同找不到对象的老处女。”

“不好意思，别看我这样，我正儿八经地出嫁过三次。在你们这么大时，我已经名正言顺地有了丈夫。”

“那，这么说如何？入秋后，避暑地一旦冷清下来，就像三次离婚回娘家的女人。”阿雪边说边向河滩跑去。

阿泷直了直腰，依然蹲在水沟上，凝望着城里人嘴里的“秋天”。然而，浮现在月色下的，唯有故乡的山脉。即使进了城，她也不会记起温泉村里的溪谷水流声。月光透过栎树叶，影子像斑马纹一样，洒落在她那怀孕未足五个月的紧绷绷的肚皮上。

阿芳把头探出窗外。

“阿泷，你又犯老毛病了。那条河是洗餐具的呀。”

“餐具指什么？”

“下游有香鱼的鱼篓，还有人淘米，不是吗？”

“流水会把它们冲干净的。”

“这个臭女人！”

阿泷头也不回，说了一声“阿雪，会游泳吗”，攥住小姑娘的手腕，走过河滩上的桥。光着身子叫人害臊，阿雪羞答答地弓着身子。见阿雪这副模样，阿泷猛然在她头上敲了一下。

“喂！”

“脚好疼，人家光着脚呢。”

不用说，澡堂子里的人对她们没好话。她俩的头发特别醒目，发丝粗硬，发量丰盈。从那乌黑亮丽的秀发中，其他姑娘日日感受到一种二人与生俱来的性感魅力。况且，两个人整个夏天都同床共枕。今晚，还会拿到八月份的工资。

“她们肯定把自己该得那份向账房虚报了。这才说着‘活该’之类的悄悄话，走，出去啦。”

“而且，还说什么对平均分配不服气……”

事实上，她们七个人对这种“平均分配”的正当做法都感到愤愤不平。就连拿得最少的农村姑娘阿时，都觉得过分。没错，她只有这个缺点。为这个，她特地从浴池里抬起头来，说：“她们的出身跟我们不一样呀。一个是肉铺女佣，一个是妓馆里的保姆，会耍滑头，不是很自然嘛。”

阿泷抱起阿雪，像抱一捆蔬菜似的，踩着踏石走到桥对面。这座桥通向溪流中的小岛，岛上修了亭台楼阁，做成旅店的庭院。月光犹如一群即将溺死的银色候鸟，降落在四周的水潭里。莹白的岩石与对岸杉林间的秋虫鸣叫声融为一体，逼近她那赤裸的身体。

浴池似已清扫完毕，澡堂子里传来水桶搁置在水泥地上的声音。阿泷在水榭的柱子旁发现了炮仗。阿雪从紫薇树的枝头取下客人的泳衣，把脚伸进去。

“瞧，这么长，都到膝盖啦。”

“男人的泳衣。”

那几个姑娘身着睡衣，从桥上走过来。往常，她们跟木棍似的，倒头就睡。可今天，连每晚两个人轮流打扫澡堂子一事，都七人合力一起干了。她们手头有钱，仿佛身处欲望祭典的前夜。她们嘲笑穿着又肥又大泳衣的、梳着桃割髻的阿雪，回忆起夏天来的男客们许下的种种诺言，感到饿极了，恶狠狠地数落起客人的缺点。

阿泷说：“阿时和阿谷只干到明天，咱们放炮仗，给她们送行吧。”

炮仗湿了。

“阿雪，秋天像湿了的花炮。”

说着，她粗鲁地划火柴，一连划了十五六根。嘭的一声，火球穿过长满嫩叶的樱树树梢。

大家齐声欢呼，抬头仰望。一个穿浴衣的汉子攀附在晒台上。旅店建在河边的斜坡上，前头的正门与地面平齐，背面的晒台矮到人可以跳上去。吊在那儿的汉子好不容易把晃荡的脚搭在圆木柱子上，笨拙地使着劲，向上爬。

“哎呀，是鹤屋。”

“那人犯起病来，还真挺不一般的。”

她们扬声大笑，阿芳嘘了一声，比画了一下，制止道：“我把走廊上的门锁上了，他就绕到后面去了。”

汉子发疯似的拉扯挡雨板，终于把挡雨板卸下来双手举着时，连人带板扑通一声摔在女佣宿舍里。窗户里头漆黑一团。阿芳忽地向桥的方向跑去。大家慌乱起来。

阿泷冲正脱游泳衣的阿雪说：“管他呢，大伙都在担心自己的钱包。”

说着，阿泷使劲搂住对方的肩膀，倒在地上了。

“炮仗还没放完呢。”

两个女人从河流上游的妓馆里过来，摇晃着身子，跳下岩石，偷偷来到旅店的温泉浴场，后边还跟着几个汉子。阿泷扔下膝上的阿雪，站起身来，说：“混蛋。我去收拾那个女人！”

二

阿泷家的庭院里有块种着大波斯菊的花圃。花圃外围着竹篱笆，养着鸡。长长的花茎杂乱无章地倾倒下来，沾满泥土。沿村子的墓山往下走，走到山谷的梯田间，这间房子就在这儿，因此，阳光充足，凉风习习。屋后，笼罩住茅草屋顶的竹林不停摇动，像一群游来游去游个不停的沙丁鱼。不过，阿泷和她母亲从未听过竹叶摩擦的声音。

打十三四岁起，阿泷就骑着无鞍马到处乱跑。她背着满满一篓绿油油的山葵，策马狂奔，从山上飞驰而下，犹如一阵绿色的晨风。

十五六岁时，正月和夏天那两个月旅店缺女佣时，她就去帮忙。她在澡堂子里赤身裸体的时候，泡在温泉里的男客们忽然鸦雀无声。她那健美的手脚予人青春妙龄的观感，像一块白色铁矿。

阿泷的腹部和她母亲的腹部，现出两个女人的种种不同。母亲邋邋遢遢，躺下就入眠，女儿坐在她那松弛的、脂肪肥厚的肚皮前，一动不动地瞧着。突然，她叭的一声把嘴里的唾沫吐了出来，再次酣然入睡。父亲遗弃她俩后，母亲这肚皮忽然映在了阿泷的眼里。

父亲住在同村的一条大街上，同小老婆生活在一起。在路上迎面遇见父亲时，他问：“你母亲怎么样？”

“睡得好着呢。”说罢，她快步擦身而过。

十六岁的阿泷使唤着马和母亲，干农活。把水引进地里后，终于到了插秧的季节。母亲把横木上带有疏齿的犁套在马上，让马拉犁。阿泷在田埂上瞅见后，突然咚地跳进水田，狠狠抽了母亲一记耳光。

“笨蛋，犁都漂着呢。犁！”

母亲依然握住犁的把手，踉踉跄跄地往前走。阿泷用胳膊肘撞倒母亲，把犁夺过来。

“你好好看着！”

母亲单膝跪倒在泥田里，仰望着女儿，对田地里的邻居说：“我呀，这回又有了个可怕的丈夫。还是之前那个丈夫温和些。”说着，母亲像大姑娘似的，两颊飞起红晕。

夜里，阿泷背向对着母亲睡觉。母亲脸朝阿泷睡。

母亲扛着铁锹和锄头跟在骑着无鞍马的女儿身后，一路小跑，回到家里。洗衣做饭都是母亲干。越是受女儿使唤，越是渐渐忘记了丈夫。并且，心脏也更容易跳得凌乱。只要想丈夫想到发呆，就会被女儿痛打。她一哭，女儿就离家外出。

“等一等，阿泷。穿那样的破草鞋出门，不像样啊。”说着，母亲紧追上去。

母亲拼死拼活地干活，眼神变得像猫一样温顺。女儿的眸子却像黑魆魆的鼓豆虫，目光炯炯，顾盼生辉。

阿泷穿上和服出席旅店的酒会，身材虽然高大得足以压迫客人的胸膛，那双生动又水灵的眼睛却使客人感到惊艳。

十六岁那年的岁末，旅店里，她一个人洗刷浴池时，妓馆的女人们带着三个醉醺醺的客人从后门走了进来。

“阿泷？让我们泡个澡吧。哟，空得很嘛。”

“都聚在水热的地方呢。”阿泷拿着刷子，站在浴池一角，很是拘谨。

所谓浴池，就是地板下的石洞。用木板把一个大浴池隔成三段。第一段里溢出的温泉流到第二段里，因此，泉水的热度一段比一段低。

妓馆的两个女人在温泉里洗掉浓重的白粉，高声谈论阿泷的身体。男人们被少女那既水灵又健美的身子迷得神魂颠倒，半天没说话。女人们措辞露骨，争论起阿泷的身子是否保持着处女的贞洁。男人们细品这些话，从他们的目光中，阿泷感到自己是赤裸的。女人们支起一条腿坐着，给男人们搓背。

一个女人说：“阿泷，这里缺个人手，你来给搓搓好吗？”

阿泷感到自己仿佛咽下了一块硬物，她慌忙站起身走过去，跪坐在男人背后。他们好像是山那边的银矿上的矿工头头。

阿泷抚弄着带有浓厚矿石味的壮实肩膀，手不禁颤抖起来。她紧紧合拢膝头，还是觉得一股恶寒从脖颈直蹿到全身。她赶紧泡进温泉里。

两个女人瞧不起外行，仗着自己是娼妓就欺负人，不停地吐露恶言恶语，劈头盖脸地为难阿泷。阿泷始终瞪着两只眼珠，眼睛闪闪发光。

其中一个男人穿上棉袍，轻轻拍了拍阿泷的肩膀。

“姑娘，上我这儿来玩吧？”

“嗯。”

刚一应声，肩膀立即被那人搂了过去。

河滩上方，雪云笼罩着夜空，寒风萧瑟。穿着法兰绒睡衣的阿泷刚洗完澡，赤着脚，脚冰凉。她吧嗒吧嗒地走着，脚像被岩石吸住一样，一阵阵刺骨的寒气，从脚心传至全身。腿被冻僵的时候，她就默默在心里骂道：“混账！畜生！”对岸杉林上的积雪飘落下来，像下雾一样。

起初，阿泷把脸埋在双手掌心。不久后，她把右手拇指放进嘴里，咯吱咯吱地咬起来。

坐起来一看，带着牙印的伤口流血了。

她迅速把右手藏在怀里，摇摇晃晃地站起身，想要唰的一声拉开通往相邻房间的隔扇——她知道隔扇那边有三个女人正同客人屏声静气地听着这边的动静。她只把手搭在隔扇上，照例在心里狠狠地咒骂“混账，畜生”！瞧也不瞧那男人，走出妓馆后门，沿着山谷的小路走。

还未走出百来米，就听见脚步声。两个男人一溜烟似的从她背后追赶上来，女人们则在他们身后尖声咒骂。她赢了。阿泷突然伏在河边，像摔倒似的，咕咚咕咚，大口喝起冰凉的河水。隐约看见赤脚飞奔过来的男人们呵出了白气，她又喝起水来。

那天晚上，她回到自己家里，像粗野的汉子拥抱女人那样紧紧搂住母亲，睡了。

此后，过了三四个月，已是春天。一天夜里，阿泷从比自己高一倍的山崖上往大街上跳，扭了脚脖子。住进镇上的医院后，第二天，她流产了。只在医院待了十天，她回村一看，父亲回家了。她一脚踹翻母亲，同父亲扭打起来，大吵大闹。

“脏死了！趁女儿不在家，干出这种肮脏事，谁愿意待在这种脏兮兮的家里啊！”当天，阿泷就乘坐公共汽车到了镇上，去肉铺当了女佣。

那年夏天，从七月底开始算，肉铺比较清闲，她又回到村子，到旅店去帮忙。由于两年前发生过那样的事，如今，阿泷不由得怒上心头。她真想去嘲笑一番那些妓馆里的女人。

三

为了让温泉的热气流通，不论冬夏，澡堂子的后门和窗户都彻夜敞开着。

妓馆里的女人经常带客人沿着溪流偷偷摸进后门，溜进旅店的澡堂子——两年前的冬天是这样，现在还是这样。对阿泷来说，不过就是冬天裸着还是夏天裸着的区别。

“干吗呢，还抓着湿炮仗不放。”阿泷边走过板桥边对阿雪说，“咱俩洗澡去，挫挫那帮家伙的锐气。那种女人，和你比，简直一个天上一个地下。我说的是真心话，阿雪。你长得这么漂亮，要是给男人瞧见了，她们肯定哭丧着脸。”

“影响买卖就不好了。”

“哼，到底是妓馆里的保姆。男人的泳衣跟这个有什么不同？不过，我一个人就足够了，你回去睡吧。”

“鹤屋还在房间里呢。”

鹤屋是附近的杂货批发商。他每月来两次，月中和月底，来讨账款。他留着有点扎手的栗子头，脸颊到下巴留着一片络腮胡子，整个人胖墩墩的，像个毛栗子。一喝醉，他就发疯似的用筷子敲碟打碗，边敲边闹，再睡上两三个小时。一睁开眼，定要攀上晒台，不管付出多少艰难困苦也在所不惜，这是惯例。攀爬晒台固然如此，闯入女佣宿舍也是必然之举，不然，就睡不着觉。“闯入”二字名副其实，明目张胆地这么干，十年如一日。每月照例来那两次，反倒像献殷勤。

可是，阿雪还是个未经世事的大姑娘。

“那种醉汉，很快就会蒙头大睡的。”即使阿泷这么说了，她也不回去，“算了，我在河边温泉里等着吧。”

河岸边另有一处白木造的澡堂子，像一间望火哨似的，非常简陋。她们管它叫“河边温泉”。

咚咚咚，阿泷从旅店澡堂子的后门跑下石阶，突然听到有人说，“跳进河里太冷啦”，她就扑通一声跳进浴池。妓馆里的女人们一边躲闪飞溅过来的水花，一边跟她打招呼。

“晚安。”

“晚安。”

阿泷把身子沉入水中，温暖的泉水哗啦啦地溢了出来。

“借你们的温泉用一用。”

“哦，还以为是我们店里的客人呢。”

两个客人都是学生模样。阿泷大胆地站在二人面前。他们仿佛感受到一阵暖风吹过，一出浴池，就坐在浴池边上，耷拉着脑袋。

“就该先婉拒你们再借你们用。我们已经下班了。”

“行啦。我想跟阿笑借点东西。”

和阿泷打招呼的这个人名叫阿清，外号黄瓜。她瘦得像条黄瓜似的，后背微弓，脸色苍白，经常卧病在床。她喜欢孩子，要么帮着附近的人家照看婴儿，要么跟三四个小孩一起在公共浴池里洗澡。仿佛只有逗弄孩子，才是她的乐趣所在。妓馆里的女人们曾经跟村里做过承诺，不做本地男人的生意，可是，这条保证，只有阿清一人严格遵守。当然，她是个外地人。她心想，在这村子把身体搞坏，就得死在这个村子里。每逢卧床不起，她就会幻想这样的一幕——那些她爱抚过的可爱孩子在她的灵柩后面排成长长的一列，为她送殡。

因此，就算是阿泷，一遇上阿清，也会立刻被如冬日的稀薄阳光般的阿清所感染，跟她聊上两句家常。

另一个女人瞧也不瞧阿泷，只道了声“晚安”，便像睡了似的，一言不发。两只眼睛藏在浓密的睫毛阴影下，梳桃割髻，头发像抹过油似的，梳得很齐，白皙的扁平脸，朦胧的睡相……在这张睡脸上，两片线条清晰的薄唇和长长的睫毛像另一种有生命的东西，鲜明地浮现出来。眉毛未加修饰，自然且杂乱。耳朵，脖颈，手指，任何一个部分，只要看上一眼，你就想张嘴咬一口。面对这种柔和感，阿泷马上意识到了，她就是阿笑。

村子里有十几个陪酒女郎，其中，唯独阿笑被冠以“伤风败俗”的名号，当地派出所的警察曾多次勒令她离开这个村子。因为村干部的儿子之流同她来往频繁。她天生就是陪客的料——太风骚了。

在阿泷那尖利的目光下，阿笑依然能带着刚从男人怀里出来的陶醉表情从温泉里走出来，坐在浴池边上，湿漉漉的肌肤宛如莹白的蛞蝓，身段柔软得像没有骨头似的，圆润丰腴，没有一丁点污垢。身上的脂肪犹如蜗牛一样富有弹性，像只爬行动物。阿泷恨不得在她那白净的肚皮上踩上几脚，她就像男人忽然起了欲望一样，猛地朝阿笑的膝头伸出手。

“借条毛巾用用。”

阿笑像蛞蝓般蜷缩起身体，想把前胸及下腹部都隐藏起来，却失去了手巾的遮掩。阿泷看到，白皙的肌肤上有一片小小的疤痕。

阿笑耳根通红，这股羞意也从乳房朦朦胧胧地蔓延到了下腹。看着这天仙般美丽的血色，阿泷不禁生出一股嫉妒之心。她带着无法抑制的快感瞧着阿笑。

“手巾不能乱借，好像带毒呢。”

不一会儿，阿泷看了看河边温泉。

“阿雪，那边有两个又英俊又老实的学生仔，咱们到瀑布那边去玩玩，好吗？”

阿雪在浴池边缘的水泥面上交抱着双臂，身子泡在温泉里，脸颊轻轻靠在臂弯里。

“哟，睡着啦。也是，你……多保重啊。”

阿泷回到旅店时，已是天空泛白的黎明时分，树干与河滩呈现出白茫茫的一片。阿雪还在河边的浴池里打盹。她依然交抱着双臂，仿佛要紧紧抱住自己的贞操与道德……

四

阿雪珍惜《修身教科书》的外壳，像雏鸡屁股上的蛋壳般爱惜，又像蜕下蛇皮般叫人憎恶，两种情绪在她心里交织在一起。

虽说都梳桃割髻，都住在城市附近的海边温泉街，都在妓馆里当保姆，她的后脖颈发根处却显得特别性感。雏妓的早熟和海边姑娘的健美融为一体，集中在这姑娘身上。她的脸颊红得像苹果一样，线条鲜明的双眼皮衬着两只圆圆的眼睛，眼珠轻佻地转动着。山里的稀罕物——这句老话，任谁听来，都会觉得新鲜。

因此，就是在温泉旅店里，也有各式各样的男人向她求爱。他们既不真心实意，也不乱开玩笑；她既不认真，也不当儿戏，明明白白，听过就算。同时，她也不像其他女人那样对这类风流韵事添油加醋，胡乱吹嘘。

有一回，一个学生仔口无遮拦，对她说："阿雪，你年纪轻轻，却很老成呀。"

阿雪陡然变了脸色。

"太小看人了！还是个学生，口气却这么狂妄。我从妓馆里出来，你就觉得我好欺负，是吗？"说着，她把伺候吃饭的托盘往地下一扔，掉头就走。那学生在旅店住了一个来月，其间，她没跟他搭过一次话。

当她跟阿芳两个人值班负责清扫澡堂子的时候，她就假装打盹。阿芳用刷子把她敲醒，她就说："你的脸，在我眼里都重影了。哎，我能先去睡会吗？你的被褥，我会给你弄暖和的。"

就这样，阿雪像娼妓一样受到大家的照顾，神采飞扬，面容开朗。

"哟，围裙可真漂亮。"一个女客看见阿雪，惊讶地说。

不知阿雪什么时候又是从哪儿收集到这些五颜六色的碎布头，把它拼成了整齐的三角形，缝出一块漂亮的围裙。

某年夏末，阿雪初次来到这家旅店，正是旅店缝制新棉袍的时节。二十多件棉袍缝完后，阿雪同时做好了一件相同花样的男式夹袄，那是她用废布料拼凑起来缝制的，说是要送给弟弟。

惊愕之余，旅店老板娘夸奖了她一番。老板听后说：“不能小看这家伙，得提防着点。”

阿雪还收集客人抽剩的烟蒂，把滤嘴掐掉，积攒起来。攒到一定数量再把它剥开，用报纸包好烟叶，寄给住在港口的爷爷。

长年在这里干活的老女佣都是亲手从烟草盆或带把的小火钵里捡烟蒂，再攒起来。做法一样，一根一根掐掉滤嘴，放进一个大纸箱。村里的老人上门时，老女佣就拿出来招待他们。老人们把它放在烟袋锅里，边抽烟边天南海北地聊。有的老大爷就是冲着这烟蒂来的。

然而，老女佣们的这种老嗜好被阿雪一搅和，戛然而止。

阿雪的继母在港口城市当陪酒女郎，每隔五六天就浓妆艳抹，领着阿雪的弟弟出现在旅店里。她一个劲地奉承旅店里的人，悄悄跟阿雪要零花钱。

阿雪的父亲是干苦力的，领日薪，出门打工，住在邻村农民家的仓库里，里头铺着破旧的榻榻米。在故乡那座港口城市，从海边温泉街到另一条温泉街，公共汽车往返路线上有个渔港，爷爷独自一人住在那里，等着孙女送来烟草和腌山葵。

公共汽车绕过稍高的海角，眼前突然展现出一片暖洋洋的色彩。沿着海岸，绵延不绝的山茶花朵朵盛开。蜜橘漫山遍野，给这一侧染上黄澄澄的颜色。一条笔直的公路贯穿其间，向海湾延伸开来。海港里停着三四十艘渔船，排列得整齐又美观。透过树木的缝隙，只能看见瓦葺屋顶和泥灰白墙。眺望城镇，一片富饶景象，谁能相信，这里还住着一户像阿雪这样的贫苦人家呢。据说，这里还是一个不用交税的模范城镇。

在这镇子上，阿雪的母亲生下她的弟弟后就发起高烧，虽然保住了性命，却发了疯。白天，父亲和爷爷都出门干活，阿雪看家。趁母亲发病的间隙，她轻轻把婴儿抱到母亲的乳房处。每天早上，父亲出门前总要用草绳把母亲的手脚捆绑起来，每回都是阿雪帮她解开的。母亲只疯了四十天，就与世长辞了。

那年，阿雪十岁，上小学三年级。她是背着弟弟走读的。父亲他们的吃穿用度，也一概由她来负责。她捡了一只野狗来养，这是她唯一的奢侈品。她半夜出门和别人讨奶水时，狗忠实地跟在她身后。

“我不愿意跟个保姆排排坐。”教室里，坐在阿雪旁边的孩子哭起来。背上的弟弟一哭，阿雪就得离开教室。十分钟的课间休息时间，她要给弟弟换尿布，还得去讨奶水。

尽管如此，她还是考了第一名，升上了四年级，全校为之哗然。在升级仪式上，她依然背着弟弟走到校长面前领奖。学生家长目睹这个场面，不禁潸然泪下。据说，校长曾拜托县知事表彰她，这消息也传到了阿雪的耳朵里。然而，孩子毕竟是孩子，孩子最会抓孩子的弱点来刁难。过完四年级的那个暑假，阿雪就辍学了。

好不容易独自把弟弟抚养到三岁，继母来了。可是，洗衣做饭依然是阿雪的事。阿雪背着弟弟在地里除草的时候，继母揪住她的头发，拉着她在泥田里团团转，这样的事，邻居每天都瞧着。

“这个，这个，这个，还有这个，都是那时候留下的伤疤。”阿雪在温泉旅店的温泉里，用手指着自己的胳膊跟胸口，让别人看。那动作，几乎等同于让男人看自己的裸体，仿佛带着一种勾引他人的技巧。虽然，眼下，她是轻飘飘地笑着说的。

然而，当时她着实可怜，住在温泉一条街的伯母才把她领回这里。在小学校长等人的多次催促之下，县政府才给阿雪发了表彰通知。这时，阿雪已在镇上的妓馆里讨生活，父亲则去大山里干活。

伯母家楼下卖绢花，二楼是妓馆。

“虽然生活在艺伎堆儿里，我也只是做做绢花，或看看孩子罢了。”她在温泉旅店里这么说。这是按《修身教科书》上的教导撒的谎。她是给艺伎准备三味线和替换衣裳的见习艺伎。

为此，县政府撤销了表彰。她的脸颊眼看着飞起了红晕，圆圆的眼睛也不再安分。她立刻小跑上前，边跑边说，脖颈上的肌肤白皙又性感，浑身上下，带着一团火。

不过，预感到妓馆即将逼她接客，她立即从伯母家逃走了。或许，她还是对那“表彰的传闻”念念不忘吧。

阿雪来到父亲干活的地方，继母一反常态，奉承起她来。

“我一个人，走到哪儿都能混饭吃，谁愿意待在这个破家里呢？”

这是阿雪在妓馆里牢牢建立起来的自信——本人并没有意识到。然而，事实上，她的确结结实实地给了继母一点颜色看。继母在她面前吃了瘪，后退一步。阿雪像持有新式武器一样磨炼出了胆识，开始蔑视人生。她的命运，就是向娼妓的道路迈进了一步。

可是，少女的“蔑视人生”，归根结底，同“钓个金龟婿”是一个道理。想在这个社会里往上爬，便以自己定会被贵人看中而自居，越发卖弄起小聪明，人越发轻佻了。

阿泷向睡在河边温泉里的阿雪说：“哟，睡着啦。也是，你……多保重啊。”

“多保重”三个字，给她标上了愉悦的身价。这“身价”和《修身教科书》有融为一体的危险，这就是她那令人嫉恨的魅力。

继母上旅店来说恭维话，阿雪也巧妙地以奉承话来作答。继母去温泉里泡澡，她偷偷跟去瞧了瞧，随后，对老板娘说：“老板娘，您别信那女人的话。她还是照样打我弟弟，我弟弟身上青一块紫一块，共有五六处呢。”

十六岁的阿雪已完全看透了男客的甜言蜜语，干脆把它们当作了青一块紫一块的伤疤。

五

从立春算起第二百一十天是个晴朗的日子，晴得可以看清烧炭的轻烟。溪流上空飞着好多红蜻蜓。

可是，第二百一十三天，狂风把电灯线刮断了。她们趁天还亮着，关上挡雨板，在女佣宿舍里躺下。这时，掌柜的披着防雨斗篷，端着蜡烛走进来。阿泷接过蜡烛，对透过挡雨板上的小孔窥视外边的阿时说：“阿时，一个劲地瞅外头也没用，这么大的雨，你明知是回不去的嘛。快点拿上蜡烛，到二十六号去。”

大家一起鼓掌。阿时一口吹灭递过来的蜡烛，坐在原地。

她们本来是七个人，从九月二日起，只剩下四个。因为只在夏季帮忙的姑娘们回家去了。旅店老板的侄女刚从女校毕业，准备入助产妇学校念书。她是个近视眼，名叫高子，十四岁到十七岁这几年，当了这家旅店的女佣。她家离旅店近，每逢生意兴隆，总是立即被唤来帮忙。阿谷熟悉旅店里的各种规矩，老板娘很中意她，据说，旅店出钱给她添置了全套嫁妆。农村姑娘阿时今早过来玩，赶上了这场暴风雨。

大石头咚咚滚动的声音在她们枕边回响。半夜里，女佣宿舍的木板门咯吱一声打开了，阿时从房里走了出去。走廊上传来划火柴的声音。阿雪像发泄什么似的，高声喊道："哇，万岁！"

她边喊边从阿芳的肚皮上滚过去，抱住睡在墙边的阿绢。

"痒死啦，小丫头。你们都是骗子吗？好讨厌！"

"我摸透了阿时的心思，才让她睡在门边的。"阿芳说。

话音刚落，阿雪晃着竖起来的腿，又笑了。

"就是嘛，看她那样天真，太可怜了。"

"因为是本地人呀。阿雪，别说啦。要不，碍着人出嫁哩。"阿绢一本正经地说。

"说两句又怎么了，也不妨碍她当农民。再说，她可不像你似的，管人要赏钱。光这点，就比你强。"阿泷扔出一句。

"我、我什么时候要赏钱了？"阿绢摸黑爬过来，揪住阿泷，阿泷抓住阿绢的双手，反手一拧。

"哼，你就凭那个把他迷住了吗？"说着，阿泷把阿绢按倒在地。

"算了吧，那种迷恋法，跟烫好又放凉了的酒似的。"

阿绢曾在东京的艺伎一条街给人梳头。在旅店里好好干攒满经验，再去艺伎一条街当梳头师傅的学徒，这是她的口头禅。她把头发梳理得像个艺伎似的，客人夸两句，她就更加兴高采烈，吹嘘起自己。她肌肤黝黑，个子矮小，酒席上要是有城市里来的年轻男客，她就抢别人的任务。

今年夏天，有个神经衰弱的学生只在旅店里住半个月。尽管遭到账房的斥责或耻笑，她还是天天泡在人家房里。

阿绢和阿时以及她们同客人之间的韵事，在这每日客人都要挤破门的夏天，只有这么两桩。姐妹当中，反而只有这两个并不漂亮的人发生了这等事。

阿时的对象是个江湖画师，奔走于旅店之间，在隔扇上作画。阿时虽然是个农村姑娘，眼窝深陷，有点迟钝，可在澡堂子里，她那身白皙的肌肤格外动人，仿佛换了一个人。

暴风雨过后，翌日清晨，晒台上铺满绿色的落叶。泥沙把河边温泉的浴池给掩埋了。带着红土的流水在岩石上蜿蜒流淌。河岸上，成群的孩子排成一列，手里都拿着网，正在捕捞被激流冲昏了的小鱼。一对江湖艺人母子在一旁看热闹。

架设在岩石与岩石之间的板桥全塌了，无一例外。不过，板桥的一端开着洞眼，穿着铁丝，系在岸上，因此，木板都漂流到了河边。

河水下降后，依然不见垂钓人的影子。姑娘们聚在测量技师的房间里玩乐。江湖画师在没有住客的房间里工作，在隔扇上作画。

在这寂寞的季节，村子反倒闹腾起来，人们常常大声说话。

在村里最好的温泉旅店里当女佣的农村姑娘们商量好了，全请了假。阿泷她们也在，都聚在村里排名第二的温泉旅店里，聊起排名第一的温泉旅店，把老板身上的旧传言当成新鲜事，一一列举出来。

“那家伙用矿山技师采来的矿石跟黄金成分高的矿石调了包，被人家告了，对吧？”

“对对，那场官司，不知打得怎么样了。听说，技师被开除了，那家伙却拿到几万元定金，赚了一笔。”

“那种诈骗方式，不知道搞过多少回喽。喏，上次，大臣和有头有脸的军人为了猎鹿，在那儿住了好些日子，他就请那些人写字。那老头子，自己在书法上也在行，就冒充人家的笔迹，写了一二十张赝品，卖了出去。只要说句‘这是他们上我店里来时写的’，人人都相信。靠这个，他发了一笔横财。山沟沟里的温泉旅店，要是老老实实地经营，没法像那样眼瞅着就发财致富啊。咱这家旅店就是最好的证明。”

借着酒劲，她们又谈起来。

“把他家那温泉给堵上！”

“咱们闯进去，把老头子抓到河滩上活埋了吧。”

换句话说，这条沿着山涧的小路一直延伸到走公共汽车的公路上。最受益的，就是温泉旅店。尽管如此，村里排名第一的旅店却断然拒绝分摊下来的捐款任务。

十几个警察住进那家温泉旅店，每天都拉弓狩猎。在他们干腻这事之前，村子里已是一片寂静。

昏暗的走廊上，阿泷关上挡雨板，哇的一声跳了起来。原来，她踩到一大片青桐叶。

不知为什么，她不愿回到镇上的肉铺去。

老板娘挺着七个月的肚子，艰难地打扫厕所。只有这件事，不需要女佣帮忙。不知怎的，那姿态非常寂寥。

一个貌似赌徒的汉子在旅店里消磨时间，每天都到河流上游去监督工人修缮一处空房子。

一队朝鲜建筑工人移居来了。

“瞧，瞧呀！把锅碗瓢盆都带来了。”阿绢跑到女佣宿舍里来喊。

朝鲜妇女身穿皱巴巴的白色裙裤，脚蹬布鞋，背着大包袱往这边走，里头装着锅碗瓢盆等用具，腰都被压弯了。

河流下游传来炸药爆炸的声响。

河流上游的破旧空房翻修成了十分整洁的妓馆。连她们都感到吃惊的是，阿绢竟迁到那里去了。她们都被那貌似赌徒的汉子缠上过，汉子哄骗她们过去。可是，再次想起那时舌灿莲花般的诱人金额，她们又恶狠狠地咒骂起了阿绢。

—— B 深秋

一

夏天来的客人留下十四五把扇子，她们把扇子捡来，堆放在她们的房间里。阿雪双手一展，轻轻打开两把男用扇子，像舞伎一样，一本正经地抿着嘴，跳起舞来。

“可不是吗，要是没到这儿来，阿雪大概早成艺伎了。”仓吉背靠刷着漆的老式木五斗柜坐着，一只腿支起来，双手抱膝，“要是那样，我这号人就看不到阿雪的舞姿喽。”

“我才不当艺伎呢，我就是个哄孩子的。”阿雪说话像唱歌似的。仓吉以目光追随阿雪手上的动作，又在裸露的大腿上打拍子。这么一来，阿雪只好迁就他，和着他那凌乱的节拍跳舞。她跳得小腿发热，衣裳下摆都乱了。她摇摇晃晃，刚要转身，却一屁股跌坐在堆得高高的坐垫上，朝五斗柜的方向倒去。

“就按这方式，咱们轮流唱法界小调，怎么样，阿仓？”

“你能唱法界小调？”

“就那样吧。”说着，阿雪把右手的扇子扔向仓吉的肩膀，“我就是讨厌当艺伎，才逃出来的嘛。”

言外之意：像你这样的流浪汉，我才看不上呢。不过，即使在笑话他人，她那双圆圆的眼睛也显得十分妩媚。阿雪又用扇子遮住脸，开始跳舞。仓吉脸上带着微笑，用阿雪扔过来的扇子敲打着大腿。他的脚白，肉乎乎的，加之嘴唇很厚脸颊很红，像个四十开外的中年女人。长相跟身上那件带商号印标的和服短褂不相称，身上却带着一种力量感，如同一只动作迟缓的野兽。

自打三四年前起，每年的夏冬两季，温泉浴场最繁忙。每到此时，仓吉就不知打哪儿又回到这家温泉旅店里来。他这是全面回归。此时，旅店最忙，人手不够，在厨房帮厨啦，迎送客人啦，这些活都交给他干，就这样把他留了下来。所以，一到这个时节，旅店的人就想起他，说：“今年阿仓也该来啦。”

记得有一回，就是在这繁忙的夏季，旅店老板的远房亲戚加代姑娘来帮忙。入秋的头一天，空房渐渐多起来。仓吉每晚都和加代一起去巡视，关闭客房的挡雨板。他们还曾大半夜的双双到河边温泉去泡澡。

此后，即使被撵出旅店，可到了新年，他又若无其事地回来了。有人记不清事，又让他来帮忙。

可是，阔别三个月后，春天，他从镇上的寿司店寄来一封信。是写给十六岁的少女阿雪的，他在信中列举了那里的女人传染给他的病，像播报天气一样，一五一十地写。

夏天到来时，他回到她们所在的旅店。今年秋天，他总是跟在阿雪身后，跟她一起去关客房的挡雨板，清洗浴池，收拾客人的被褥。阿雪的舞蹈是从里妓馆里学来的，他成了阿雪的观众。

然而，阿泷闯进了他们的舞场。

“喂，阿雪，脚下当心点，别把榻榻米跳破啦！有些已经破了。”

“谁让阿吉想吸灰尘呢，说想体验体验城市的氛围。”

“对对，拿腔拿调的学生仔叫人讨厌。让别人打扫房间，他却直勾勾地望着人家，让他躲开，他却说‘偶尔吸点灰尘也好嘛’，还说山里的空气太新鲜，扬起一点尘埃反倒有城市的氛围。正赶上阿雪来走廊上擦地板，问他“那这桶脏水是什么气氛’？这不良少女可真会说话，问得好。可不是吗。喂，阿仓，你挺舒坦的，望着阿雪，体验到什么气氛啦？”

“这个人呐，以为这样做就是奉承人，傻瓜。”说着，阿雪把手中剩下的一把扇子啪的一声扔在仓吉膝盖上。

“前些时候他就说了，说‘阿雪能跳舞吧’？说了十四五遍哩。”

“喂，阿雪，女人一上来就被这种男人缠住，是一生的耻辱。让他挨到第十五号再说。”

仓吉依然露出洁白的牙齿，笑着站起身。

“喂，老板娘吩咐了，要你们扫扫晒台。”

“晒台？”阿雪打开拉门，“哎哟，全是落叶。”

铺满晒台的，与其说是黄色的落叶，不如说是绿色的落叶。昨晚，秋风刮得很猛。

晒台在她们房间的窗外。

房间里的大五斗柜涂着黑漆，雕着梧桐花叶形的家徽，铁壶把一样的把手早就生了锈。昔日农民家里的家具，现在用来堆放换洗的衣物，还放客人的浴衣和床单。十叠大小的房间里，每个角落都堆放着客用被褥和坐垫。她们的包袱跟碎布头和空箱子一起，凌乱地塞进壁橱里。破破烂烂的化妆台、空肥皂箱做的梳妆盒、旧三味线、破洋伞等都放在五斗柜上，或放在墙壁的搁板上。东西堆得满满的，分不清物主是谁。她们已经开始缝制冬天的棉袍，撒满线头和糖纸的旧榻榻米上，剪刀闪闪发亮。

清扫完落叶，她们从晒台上跳下来，回到屋里。厨师吾八正盘腿坐着，用右手一张一张翻开左手上的花牌。

"那玩意儿，哪还顾得上看呀，你不是被解雇了吗？"说着，阿泷也坐下，拈起针。

"没有，我就是闲着。"

"店终于要开张了？"

"没开。我嘛，说失败也失败。"

"失败？意思是，你被撵出来了？"

"不至于。不过，我也腻味了。本来不想谈这事，喏，就为这个。"

吾八从围裙里掏出一样东西，扔在榻榻米上。阿泷捡了起来。

"怎么，这不是削好的鲣鱼干吗？"

"是这样的，今早，我打开行李箱，才发现竟有人拿这些鲣鱼干偷换了我的新鲜鲣鱼。"

"哦，这样就可以说是吾八偷了新鲜鲣鱼呗。明白了。阿芳那混账。这婆娘，平时就有偷看别人行李箱的毛病。"

"阿芳发现新鲜鲣鱼后，就把它拿到老板娘那儿去了。据阿芳说，老板娘正在削鲣鱼干，叫阿芳拿它跟新鲜的对调一下，接着，把鲣鱼干交给了阿芳。听了这话，我可待不下去了。"

"不过，调包的也就一条吧？"说着，阿雪在吾八身后，将双手搭在吾八的肩膀上。

“账房也好阿芳也罢，都没告诉我这件事。”

“这太没意思了。她们既然不说，那吾八你也装作不知道，不就得了。你这样不行。”阿雪晃了晃吾八的肩膀，“太老实了，在社会上是混不下去的。”

“得了，年纪轻轻的，你说得着这话吗？吾八，再出这种事，你别不吭声了啊。”说罢，阿泷走出房间。阿芳正在厨房里干活，阿泷一把揪住她的胸口，连拉带拽，把人从走廊上拖到房间里来，往吾八跟前一扔。

“给你！”

然而，吾八只是呆呆地坐着。于是，她又把阿芳拽到门口，双手掐住阿芳的脖颈，把她按倒在水泥地上。

“混账，畜生，给我滚出去！”

阿泷光穿袜子不穿鞋，她用这双脏脚狠狠地踩阿芳的肚子。阿芳翻了个身，没言语。

“喂！”仓吉喊了一声，猛撞了一下阿泷。阿泷一个趔趄，差点摔倒在装木屐的大木箱上。

“你要干什么！当着人面勾结做戏，要抢吾八的饭碗是不是？”

阿泷直勾勾地盯着仓吉，突然骂了一声“混蛋”，猛地低下脑袋，扑在仓吉怀里，狠狠咬住他。

二

大概比朝鲜建筑工人晚一个星期吧，日本建筑工人也来了。监工在她们的旅店里租了一间房，住了下来。

两个从前专做镇上大兵生意的女人跑去隔壁妓馆拉客，与此同时，阿笑却被拉到上游那家新妓馆去了，身价翻了三倍。还有，不到五天，阿清又卧床不起了。

阿清病倒的事，村里人马上都知道了。从今年夏天开始，她几乎每天都背着妓馆的婴儿，手里拉着四个小女孩，从山谷里沿街道上到大道旁的村子里。一路上，三四个幼儿聚在她身边，一直走到街上来。她带着孩子，脸色苍白，长脸，头上梳着整整齐齐的银杏返发髻，显得孤寂又温良。村里人同她照面，总是先和她打招呼。尽管经常卧病在床——或许，正因经常卧病在床，她总用梳子篦头，两鬓没有一丝碎发，话少得吓人。孩子们都愿意亲近她，人们不免觉得疑惑：她跟孩子们都说了些什么呢？

托孩子们的福，妓馆的孩子都不愿离开阿清的枕边，因此，她虽卧病在床，也没被人撵走。但是，长年的生活习惯已经形成，男人们一拥进屋里，她就给人一种风骚之感，不会规规矩矩地待人。

“也许活不到公路竣工了吧。”

阿清虽这样想，却又像盼望节日马戏团的姑娘那样，显露出生气勃勃的样子。同时，她习惯性地幻想自己的葬礼场面，幻想她曾爱抚过的孩子在灵柩后面排成长长的一队，登上山上的墓地。

完全“定居”在这山中温泉的阿清与上游那家新旅店的老板多少形成了绝妙的对照。他从一个建筑工地换到另一个建筑工地，所到之处，尽干些开店拉女人来卖身的勾当。旅店里的客人还穿着浴衣，他就穿起棉袍。村里的姑娘们一见他就绕道走，如同看到从前的“人贩子”。

建筑工人只能透过庭院里的树丛窥见温泉旅店的二楼。那里太高雅、太昂贵。

江湖画师把隔扇全部画完，便坐上马车翻过这座山头，走了。看来，他准备对阿时不辞而别。他笑着对送他到驿站的阿泷她们说：“告诉阿时，她想见我时，就把隔扇一幅一幅挨着捅破吧。”

回到旅店后，她们似乎把江湖画师和阿时的事淡忘了，只是安安静静地在宿舍里缝制冬天穿的棉袍。现在是淡季，没有客人。她们捡来客人扔在客房里的旧杂志，却不翻开看。她们漫无边际地遐想自己的故乡和婚事，从周六想到周日，直到赏红叶的观光团到来，她们才察觉到，山间已是一片秋色。

吾八走后，刚过四天，她们就不再议论他了。

村里的鱼铺老板到这里来过一次，给他道歉。

“我也没说过‘你走吧’这种话啊……”老板娘吞吞吐吐地说。

“不过，那人做事确实太随意了。别人忙得不可开交，他却常常泡在客人房间里，东拉西扯聊一天，遇上急事也找不到他。他在店里干久了，大家都熟了，这倒不坏，可……”

确实，吾八在这家旅店干了八年，快五十了。前半辈子，他凭着一把菜刀，走遍沿海各个城镇。这期间，他切掉了左手中指的指尖，似乎娶过两三房老婆。之所以说“似乎”，是因为这温泉浴场使他忘记了过去。就是说，在这里时，他从不提起往事。并非想要隐瞒，只是失去了回忆往事的兴趣。

他本是码头上的流浪汉，当然有动刀子的过往。然而，来到这个山村之后，他讨了一个带孩子的女人做老婆，且对那孩子产生了感情，于是，不知不觉间，他产生了要在这块土地上度过晚年的想法，安定下来了。

这在阿清身上，表现为幻想自己的葬礼，吾八则希望开一家小饭馆。他这愿望着实乏味——一眼就能望到头。在这家旅店里，他竟如此无忧无虑。所以，他到处乱晃，要么挖山药，要么去钓鱼，或看心情回邻村自己家走一趟，换句话说，他这份工，做得十分“老来生活乐趣多”。当年那股子麻利劲，如今，仅表现在他是这家旅店里起床最早的人这点上。

他常年穿件白色棉布衬衫，外罩印有商号标记的和服短褂，穿着短裤。他没必要穿比这身更正式的衣服。他依然保持着年轻时在军队里训练出来的威武姿态，肤色酱红，像涂了柿漆的包装纸糊成的大纸人。晚饭时，三两酒下肚就跑到熟客房里去闲聊，可不到十分钟便打起盹来。

这么个人，却为了一条鲣鱼干而干不下去。

仓吉在铺着木地板的宽敞厨房里麻利地干着活儿。他和吾八一样，有一双关节粗大的手，劳动人民的手。姑娘们全都瞧不起仓吉，不去接近他，但这种情况没维持多久。她们还是会屁颠屁颠地跟着他要吃的，嘴里塞满生鱼片的边角料。

一大早，旅行团退房后，她们会把客人剩下的生鸡蛋藏在客房壁橱里，再趁打扫走廊的时机，用房间里的铁壶把它煮熟。

此外，只要对某个长住于此的客人产生好感，她们就把这人餐盘里的剩菜拨到自己的饭上吃。不过，对象只限于男客。也许是出于本能吧，女客餐盘里的东西，她们瞧都不瞧一眼。

“咱们都知道，这人没病，也不脏。”她们中的一个冲着众人边说边动起筷子来。

或许，她们是为了彻底贯彻这种女人的天性以及家庭意识，才这样做的。一个男人的残羹剩饭，由她们中的一个持续吃下去，这种不成文的规矩，不知是何时形成的。这种事是她们之间的秘密，绝不向客人泄露。就是在吃这口剩饭上，同样表现出水性杨花的秉性的，还是阿绢。阿绢搬到上游那家旅店之后，就轮到阿雪了。

然而，稀奇的是，最先向监工的剩饭伸出手的，竟是阿泷。即是说，照她们的规矩，这等于自己坦白了一件事：我可以成为他的女人。

三

不管是否情愿，早晨清扫庭院时，她们都已领略到秋意渐深这事实。小巧玲珑的阿雪手持一把大竹扫帚，显得无所适从，那副模样，莫名神似一位不谙世事的大小姐。

阿雪拖着那把仿佛在装点她的扫帚，向正在说话的朝鲜妇女走去。她们租下温泉旅店门口的一间空房子，合住在这里。这是一间农舍，连隔扇跟拉窗都没有。温泉旅店里的人打扫庭院时，朝鲜妇女们就蹲在井边洗刷早晨用过的餐具，白色裙裤都鼓了起来。一直眺望这番景象的阿雪忽然回过头，透过一棵古老的罗汉松，能够望见旅店厢房的正门——她吧嗒一下把扫帚靠在松树上，闪身离开了。

阿泷蹲在厢房正门，正在给监工打黄色的绑腿，白皙的颈项与桃割髻贴在坐在门口的监工的膝盖旁，好似一件被人遗忘的可悲物什。

“阿泷她——”

阿泷这算怎么回事，阿雪也说不清楚，然而，终于……

“阿泷这样的人都……”阿雪的脸颊一阵冰凉，她茫然地朝后院走去。

她把两条胳膊支在小桥栏杆上，一只脚来回晃悠。晨曦笔直地射入澄澈又清浅的河底。阿雪潸然泪下，对阿泷，心中涌起一种无可言说的挚爱之情。

她们的被褥，盖的被子和铺的褥子没有什么区别。就是说，盖的被子硬邦邦的，和铺的褥子一个样。阿泷从壁橱里把脏兮兮的被褥拽出来，冷不丁说道：“今天，我又去看爆破了，嘭地一下就把岩石炸飞了，那个瞬间，可带劲啦。”

阿雪扑哧一下笑出声来，顺着硬邦邦的被褥倒了下去。

“你闻不到火药味就睡不着觉？”

她边说边用双手捂住脸颊，趴在褥子上，一反常态，笑个不停。

“喂！”阿泷翻身坐起来，用一只脚使劲踩阿雪的脊背，“是啊。那又怎么样？”

阿雪像是根本没有察觉到自己正被她又踢又踩，只顾晃着肩膀笑。

“行啦，该刷浴池了，刷浴池。阿泷，你还有任务呢。不快点干，又得熬红眼喽。”阿芳把被褥铺好。

这个时间，她们该用一根窄腰带把睡衣系好，下楼刷浴池。

“行吧，我一个人干，你们赶紧睡。”阿泷一个人走出去，砰的一声关上女佣宿舍的木板门。

阿芳和阿吉很快就睡着了。浴池那边传来水声。听见这声音，阿雪像是很冷，把浴衣袖子拢在一起，下楼，去了澡堂子。近来，她像个孩子，整天跟在阿泷屁股后头。

“阿泷，阿泷”，河滩上传来叫喊声。打开拉窗，只见阿绢无精打采地站在那里。阿泷走到晒台上。

“干吗？”

“你好。”

“进来呀。”

“嗯，不过……”阿绢走近晒台，抬头问道，“大家都好吗？”

“什么大家不大家的，这儿可没有那种上等人。”

“我有点事求你。”

“那就进来吧。”

“我，”她歪了歪头，抚弄着披肩，“我借了点钱给工人。”

“嚯。”

“可是，总也要不回来。”

“这不挺好吗。谁没钱，你就白给他钱呗。”

“不是这样的呀。”

“大家都说，你们店里要价最高嘛。”

“这是两码事。那老板可精明了，谁不预先付款，就不让进门。”

“说的什么屁话。回去以后，你好好帮我宣传宣传，就说，没钱的都到阿泷这儿来。”

“我真把钱借出去了。”

“真金白银都往外拿？”

“是啊，我在这儿干，怎么攒也攒不到钱，才去那家的。不过，我也不想长期干这一行。明年，我无论如何都要去东京学梳头。我想多赚一点钱，借给工人们。”

“哦，真没想到啊。也就是说，他们管你借钱，再来买你喽？而且，这钱还带利息。”

“可是，好多人都不还钱。所以，阿泷，我才来找你，想求监工管管，让他跟大家说，把钱还给我，或者，从他们的工钱里——”

“什么玩意儿，尽说梦话，真是本性难移。”

说罢，阿泷从晒台跳到房间里，砰的一声关上拉窗，扬声大笑。她好久没有这样笑过了。

确实，她好久没有放声大笑了。阿泷在这个时候放声大笑，是因为她睡得太少了。每天晚上，她都要光着冰凉的脚丫踏过长廊，从厢房回到女佣宿舍。白天，眼睛布满血丝却还要干活，加倍猛干，犹如一头凶猛的野兽。

踏过走廊时静悄悄的，回到姑娘们的屋子里来时，她却无法静悄悄地开门。

“阿泷。”阿雪嗲声嗲气地喊了一声。阿泷吃了一惊，停下脚步。

“阿泷。”

阿泷一声不吭，脱下罩在浴衣上的和服短褂。

“阿泷，大家都睡死了。我把你的铺盖暖好了，刚才给你留的鱼汤，都凉啦。”

“是吗，谢谢。”说着，阿泷突然把冰凉的手伸进阿雪的胸口，“你很寂寞吧？”

这样的夜晚持续了一段时间。最终，阿雪还是在仓吉的房间里被旅店老板娘摇醒了。

她吃了一惊，赶紧爬起来，又端端正正地跪坐好，礼仪周正，双手扶地，施了一礼。

“实在对不起。”她一边揉眼一边跑回姑娘们自己的房间。

“过来，”阿泷从睡铺上坐起身，把阿雪搂在怀里，“阿雪，你应该放聪明点，不是吗？我想方设法保护你，想让你有朝一日凭着‘它’发迹，没想到，你竟让仓吉那畜生沾身子。阿雪，只依靠仓吉这号男人可不行啊，赶紧再找一个，管他是谁。真的，对一个男人五迷三道，女人可就输了。要是输给那号男人，就完蛋了。”

“不嘛，我不后悔，我没有什么好不甘心的呀。”

“无所谓？啊，无所谓？真无所谓，倒是好了。阿雪，不赶紧另找一个，以后，你要吃大亏的。”

第二天，仓吉就被解雇了。阿雪跟着他走了。

半个月之后，阿雪不知从什么地方给阿泷寄来一封信，信中写道：“啊，令人怀念的山中温泉哟！如今，我尽带哀愁，辗转他乡，东奔西走……”

毫无疑问，这些动人的词句，是她在温泉旅店时翻阅说书杂志背诵下来的。

后来，有消息传到这山村里，说她被那男人拉着四处流浪，最后，被卖掉了。而这，终究是传闻。

—— C 冬至

一

水车上的冰柱在月色下闪着寒光。马蹄踏在冻住的桥板上，发出金属般的声音。群山黑魆魆的，轮廓恍如一把把利剑。一个寒冷的冬夜。

公共马车里只坐着阿笑一个人。她用白围巾紧紧裹住双颊，两手揣在怀里，脸埋进袖兜，蜷缩在车厢的一个角落，重重地垂着头。

从火车站到这个温泉村，足有四里地。阿笑乘坐七点的火车，公共汽车和马车上的乘客已经走光了。末班马车抵达时，长时间泡在温泉里的、浑身都泡红了的村民正打着灯笼，从山谷间登上山。即使有月的夜晚，树荫依然一片昏暗。大街上，家家户户大门紧闭。

一从马车里跳出来，阿笑马上缩着脖颈，一溜烟似的跑进山茶林里，穿过浓密的树荫，向竹林奔去。随后，她从怀里掏出一瓶酒，直接对瓶吹，大口咽下。

喝完后，她心满意足，长出一口气，脚用力缩进衣裳下摆，又把围巾重新裹严实，用两只袖兜捂着脸，趴在地上，躺了下来。

阿笑知道，在冬日的竹林里，只要躺在厚厚的枯竹叶上，就能感受到融融的暖意。她穿了两件人造丝贴身长汗衫，但是，她没有大衣。

等了不到二十分钟，传来男人的脚步声。

“喂，真叫人吃惊啊，你睡着了？”

汉子边说边弯下腰，阿笑用力一拉，把他的手从自己肩膀上拽到自己胸脯上。男人躺了下来。她一把抓住他的手，就地翻滚起来。

“啊，好高兴。你不知道，我可想见你了。滚来滚去，人也暖和啦。”

“谁都没看见你，对吧？”

“猜对了。我前五站就下车了，又坐了两个小时的马车。看看，脚都——”说着，她脱下二趾布袜，月光洒落在她的赤脚上。

“瞧，冻得通红。”

她把双脚稳稳地架在男人膝盖上，揉搓起通红的脚趾。

“跟冰镇红辣椒似的。”

男人攥住她的脚趾。那脚趾如同冰冷的蛞蝓，湿乎乎的，粘在他掌心里。阿笑的肌肤白得像蜗牛肉。把脚趾交给男人之后，她像一块黏糊糊的厚脂肪，贴在男人身上。

“咱们到村里去泡温泉，暖和暖和吧。”

“不嘛。人家像一团火似的大老远地赶来，你也该像一团火似的对待人家呀。”

男人转身对着她。然而，她用双手推开男人的胸口，挺起胸脯，说道：“都说了嘛，不行。我可不是白来的。再说，又花火车费又花马车费的。”

“钱嘛，我给。回头就给你。”

“不行，得先给。不然，不当你的女人。”

男人突然听见溪流的潺潺声，感到冷飕飕的。

阿笑从镇上来，不是来会情人，而是来做买卖的。

村里的陪酒女郎中，唯有阿笑特别伤风败俗——早先，村里有权有势的人集体下过定论。派出所的警察忠实发扬了他们的精神，多次勒令她离开这个村子。事情发生在一个月之前，因自己的儿子在酒席上行为不端，他们集体悲叹，结果，她被警察送到镇上去了——因为阿笑生来就是当陪酒女郎的料儿。这女人，比娼妇还要败德。

然而，只要寄张明信片叫她来，她就会立刻赶到情人们身边。她又坐火车又乘马车，还得避人耳目，半夜躲在竹林里。尽管如此，她还是想要这笔“长途跋涉”的钱。或许，她这样做不是为了钱，而是被一股难以想象的热情所驱使，以至跑上十里夜路前来卖身，如同传说中的女郎一样，游过大海，去同男人相会。

当然，就算到了镇上，阿笑还是待在供大兵留宿的旅店里。那张白净的扁平脸蛋上仿佛刻满了迷糊与愚蠢，她似乎并没有意识到自己过着居无定所的生活，只要有男人，她在哪儿都开心——就这样，她平和地过着日子。就好像，一个人只顾往头发上抹油，却未曾想过要好好梳理头发。

眼下，竹叶沾了她一脑袋，她也没有拂掉竹叶的意思。

汉子边走边掸去落在阿笑衣服上的一片片竹叶，下到山谷间。他们踩着河滩上的踏脚石过河，偷偷潜入温泉旅店的温泉里。

阿泷独自坐在浴池边上，一见阿笑，就用湿手巾擦了擦眼睛，对那男人说："喂，昨晚，邻村的阿清死了，你知道吗？"

"听说了。还以为你们早就睡了呢，没打招呼，就来洗你们家的温泉。"汉子一脸歉意，解开腰带。

"今晚，我们在为阿清守灵。男人都是窝囊废，没有一个人来，简直欺人太甚。"

"虽然生前受过她照顾，但也没法因此就公开露面吧。大家私下里都挺可怜她的。"

"可怜？就说你吧，不也干过断送阿清性命的事吗？"

"建筑工人不到这村里来就好了。阿清常在这村子里照顾孩子，大家也挺怜惜她的。"

"瞧瞧，守灵的晚上多么冷清。你这人，阿清的鬼魂怎么不出现在竹林子里给你瞧瞧呢！你们这种外人，不许进我们的浴池。我们家的温泉，可不是洗脏身子的地方！"

阿笑只剩脸面到乳房染上了红晕。她一声不吭，低下头，迈开那双柔软得像面筋一样的脚，顺着台阶，下到浴池里。

二

阿清也是陪酒女郎，阿笑则是陪酒女郎中的"模范"。从这个意义上考虑，或许可以说，阿清是被阿笑杀死的。

十六七岁时，阿清沦落到这样的山沟沟里，很快就搞坏了身子，遂选定这个山村作为葬身之地。男人们搂住这个琢磨着寻死的姑娘，如同拥抱着一个苍白的幻影。尽管如此，她依然经常遭到蹂躏。一有空闲，她就跟村里的孩子们嬉戏玩乐。

成批的建筑工人来到这里后，自从听见爆破岩石的轰鸣声，她便清楚地预感到这一点——路一修好，自己也就完了。

果然，路修好不到五天，阿清再次卧床不起。妓馆里的四个小女孩和一个吃奶的婴儿总离不开她枕边，她才没被人撵出去。但是，这个村里，所有陪酒女郎都会从老板嘴里听到那句"瞧人家阿笑"，这句话，也常常在她的铺盖边上打转。这铺盖仅有两叠大小，就在腌菜小屋的隔壁。然而，为了接客，连这样的小空间，也得利用上。

阿清勉强爬起来，下定决心，自杀了。不，用不上“下决心自杀”这么强烈的字眼，她是绝望了。从结果来看，她接待修路的建筑工人，本身就是一种自杀行为。

她的小伙伴，即那些孩子，还不能理解她的死与建筑工人有什么关系。

阿清死了也罢，受阿泷侮辱也罢，阿笑都佯装无所谓。她从温泉里出来，若无其事地对那汉子说：“再见。下次再招我来吧。”

“别开玩笑。说什么再见啊，深更半夜的，你要去哪儿？”

“回去呗。天亮以前，总能走到停车场吧。”

“有四里地呢，况且又是山路。”

“不要紧。对我来说，黑夜和男人都是好的，没什么可怕的。你不用说送我之类的话。再见！”说着，她慵懒地把双手揣在怀里，迈开步子。

“喂，别这样嘛，怪冷淡的。天亮后再走吧。”

“要是让人家瞧见怎么办？”

她踏上月光仿佛冻结了的马路，头也不回地走了。

汉子茫然地伫立在原地。

然而，看不见汉子的时候，阿笑小跑着折了回来，躲在沿溪谷修建的温泉后面。说不定又会有自己熟悉的汉子来洗温泉呐——她蜷缩着身子，等待着。

麦苗的颜色像覆了一层霜。山峰上空明亮起来，不知为何，候鸟不愿在竹林中停留，沿着山脚飞向远方。第二个汉子踩灭竹林中的篝火，忽然蹲下身。

“喂，有人来了。”

曲肱为枕的阿笑坐起身。

“啊，我明白了，是给阿清送葬的。”

“小点声。”

送葬人爬上梯田，朝竹林这边走来。阿笑贴着地面趴着，双手托着那张扁平的脸庞，笑眯眯地凝视着这个情景。

说是送葬，其实，只是两个男人抬着一口棺材，上面盖着一块漂过的白棉布。估计，这两人是妓馆老板和掌柜的。棺材上放着两把铁锹。这玩意儿，或许是葬礼上装饰物吧。这村子实行土葬。

可是，孩子们是怎么回事呢？村里那些她疼爱过的孩子排成长长的一列，跟在灵柩后面，一直把她送到山上的墓地，这种幻想，难道不是阿清活着的乐趣吗？同时，不也是她寻死的乐趣吗？

那些孩子，还在睡梦之中。

他们把阿清的棺木抬到竹林旁，再抬到山上的墓地去。

“这也太惨了。”

“是啊。”

“看样子，想趁天没亮，悄悄把她埋掉。”

“趁天没亮，我也得回去了。现在走，半路上还能赶上头班马车呢。”

“喂，掸掸身上的竹叶子。”

“再见。下次，你也写张明信片叫我来啊。”

她捡起酒瓶子，使劲扔出去。酒瓶子撞在前面的竹竿上，玻璃碎片撒了一地。

雨伞

春雨似雾，虽然不会打湿人，却会无端沾湿人的肌肤。跑出门口的少女看见少年的伞，这才有所察觉。

“呀，下雨了？”

少女坐在店门前。少年撑开雨伞，与其说是为了挡雨，不如说是为了掩饰自己走过少女面前时流露出来的羞涩。

少年默默地将雨伞移过去，给少女挡雨。少女只有一侧肩膀在雨伞下。尽管淋得湿漉漉的，少年却说不出“来吧”这种话，让少女靠近自己。少女也一样，她想用一只手帮忙扶住伞柄，同时，总是想从雨伞下溜走。

二人走进照相馆。少年的父亲是个官吏，即将调任远方。临别时，要留下纪念照。

“二位请并排坐在这儿。”摄影师指着长椅子说。

可是，少年无法同少女并肩坐着。他站在少女身后。为了让两人的身体在某个地方有所接触，他把扶着椅子的手指轻轻放开，触碰少女身上的羽织。触碰少女的身体，这还是头一次。体温透过手指传递过来，少年感受到一股温暖，像在紧紧拥抱赤裸的少女。

这辈子，只要看到这张照片，就会想起她的体温吧。

“再照一张好吗？二位肩并肩，把上半身照大些。”

少年只是点了点头。

“头发？”少年小声对少女说。

少女猛地抬起头，望了望少年，脸颊通红，眼里闪烁着光芒，充满明朗的喜悦。她迈着小碎步，像孩子一样乖乖走进化妆室。

方才，看见少年经过门口，少女顾不上整理头发就飞奔出来，头发乱得像刚摘下泳帽似的。少女一直对这头乱发耿耿于怀，可是，在男子面前，她无法像要化妆一样去拢顺两鬓的碎发，这令人害羞。少年也这么认为。他觉得对她说声“拢拢头发”，是在羞辱少女。

向化妆室走去的少女带着一股快活劲儿，这种情绪，也感染了少年。情绪过后，二人理所当然地坐在了长椅子上，相互依偎。

刚要走出照相馆，少年找起雨伞来，却忽然看见先走出门口的少女已然手持雨伞站在门口。见少年望着自己，少女这才意识到自己是拿着少年的雨伞走出来的，她吃了一惊。这种无意识的举止，不是已经表现出“自己属于他”这一认知了吗？

少年无法说出“让我拿雨伞吧”这句话，少女也无法把雨伞交还给少年。然而，与来照相馆的路上不同，二人此刻忽然变成了大人，带着夫妻般的心情踏上归途——这仅仅是围绕着雨伞发生的一件小事。

父母离异的孩子

一

他与她都是小说家。两人都是小说家，使他们的结合具有充分的理由。同时，也使他们的离婚具有充分的理由。

两人的结婚是美好的。为什么呢？因为她拥有离婚的能力。

两人的离婚也是美好的。为什么呢？因为她拥有一颗能成为朋友的心。

此外，还有一件美好的事，那就是他们生了一个儿子。

孩子应该归父亲还是应该归母亲——没有发生过这样的争吵。

二

他的小说与她的小说在同一个月份的不同杂志上分别发表了。他的小说是写给分手了的女子的情书，她的小说则是写给分手了的男子的情书——在无垠的天空中彼此追逐的情书。

她连着读完两篇情书，缩了缩脖子，偷偷笑了。她在屋子里转着圈地唱歌。她带着孩子，走出家门。

他的书桌上，也摊开放置着这两本杂志。

“我们去庆祝吧！你不快活吗？”

两人像多年前那样，好似情侣一般避开旁人的耳目，走在昏暗的小巷中。

“和我分手后，又回到与我一起生活前住的公寓里，不是很寂寞吗？我希望你能飞得更远些。”

“有道理。好不容易分手了，可以想象彼此的生活，仿佛触手可及，未免无趣。”

“让我们早点过上彼此都无法想象的生活吧。”

“那还挺难的，因为我们都是相当厉害的小说家。”

两人快活地庆祝了，归途中，孩子在汽车里睡着了。

“把孩子叫醒怪可怜的，就让他在你那里留宿吧。”

三

翌日清晨，与孩子在一起的时候，他感到震惊。即使来到电车大道上，他也不知该给孩子买点什么好。他一本正经地说话，且没什么话可说。就像年轻的朋友来访时那样，他带着六岁的孩子上茶馆去了。

这种心情，就像第一次发现孩子似的。他仿佛现在才开始爱上这孩子。原先，他觉得孩子是夫妇之间的累赘，全都交给女佣管教了。

然而，奇怪的话，无论如何，他都不能训斥孩子。

孩子打开拉门，抓住门，环视公寓的走廊。一有人经过，他就把门关上，躲起来，再打开。他沉默着，足足瞧了二十分钟，最后招呼说："阿健——阿健可真厉害，你有两个家。"

"这里是爸爸的家吗？"

"嗯，你要在爸爸家住几天？"

"住几天好呢？"孩子坐在他的膝盖上，歪着小脑袋。

第三天，刚在她家附近下了车，孩子就拽着他的手开始跑。洋房的新窗帘上，映现出大朵花的影子。

像是想起了度蜜月时的场景，她又把家里装饰成了那个样子。

“欢迎再来。”

他松开孩子的手，头也不回地走了。孩子没有追上来。

四

“阿健说了很多你的情况，不过，请你不要问阿健关于我的事。这绝不是暗示你去问阿健我到底什么情况。”

孩子带着这样一封信，独自到他的公寓来了。能一个人坐电车，他很高兴，所以，没有让母亲送。

“我要上爸爸那儿去。”据说，打那以后，孩子就这样说了。从第六天说到第九天。这似乎不是她要再来与他相会的借口。

在他跟前，孩子一天天地快活起来，仿佛也已逐渐习惯，可以轻松地往返于他和她的两个住所之间。他跟朋友谈话时，不知什么时候，孩子就一个人去她家了。

“我们失去了家庭，可是阿健有家呀。”

“不，总有一天，他会像父母离异的孩子那样，跟街上的孩子一样。”

“流浪儿的幼苗？”

“是实现二人离婚的理想存在呗。两人的新家庭，就是街道上的蔚蓝天空。”

五

看完戏，散场后回到家，只见孩子独自在他的房间里进入了梦乡。他钻进被窝里，也没能把他惊醒。上午十点，他醒过来后，孩子已不在家了。晌午过后才回来，说是跟街坊的孩子玩去了。

“妈妈和别的叔叔旅行去了。”

他目不转睛地盯着急急忙忙往嘴里扒饭的孩子，一股莫名的厌恶感涌上心头。

“旅行？什么旅行？”

“唔，旅行嘛，就是把房门关上，走了。”

“阿健也跟爸爸出个远门吧？”

“这样一来，就不能回妈妈家了，是吗？”

孩子满脸困惑，但心情愉快，笑了。

六

“你的小说若能把我风格所带来的影响抛得一干二净，届时，我们可以再次生活在一起。”

“我不喜欢这样郑重其事。你需要的时候，我随时都是你的情人。”

他们就是这样分手的。

可是，二人的文风日渐疏远，两人的感情随之发生了不同的变化。他察觉到了他们之间的这种隔阂强烈地影响了孩子。孩子往返于父母之间，因此，不知不觉间，竟致力于克服这种隔阂。由此，孩子的感情眼看着迅速成长起来。为了让父母都成为自己的亲人，孩子一直与某样东西激烈交战。这一点，深深打动了他和她的心。

但是，有时，他觉得这孩子似乎不是他的儿子。

她在和孩子内心生出的崭新的他进行竞争，试图在孩子心里更多地植入自己。

于是，两人会面时，她怀着一颗温馨家庭中的慈母般的心，含着眼泪说道：“阿健，你果然是个孤儿啊！”

“就算是孤儿，也不是人类的孤儿，而是兽类的孤儿，或是神灵的孤儿。”

七

他再度踏入人生的陷阱。他结婚了。

或许，不能说这是桩美满的婚姻。为什么呢？因为新妻子不具备离婚的能力。他不可能与没有这种能力的妻子成为朋友。

然而，孩子第一次来到他的新居时，便毫不拘束地管他的新妻子叫“妈妈”，很快就亲昵起来。不知怎的，他对孩子生出一种莫名的憎恨。

孩子待了两三天，忽然又回她家去了。那时，他差点拍拍孩子的脑袋，说声“干得好”。这种可爱劲儿，使他心中感到痛快。这不是针对新妻子的刁难。

但是，每当孩子像小鸟般飞走的时候，妻子总是惴惴不安。

“我是不是有什么地方对阿健不好？”

他觉得妻子比六岁的孩子还傻。

“我想抚养阿健。”

“是吗？”

“可是，他妈妈是个小说家，我总觉得有点害怕。他成了我的儿子以后，能不能不让他上她那里去呢？”

“混账！”

他猛地将妻子打倒在地。她泪流满面，叫了起来。

“那孩子——那孩子可以自由自在地跳上她同情人睡在一起的床铺呢！他可不是会去结婚的废物的孩子哟。”

他飞快地朝无垠蓝天下的大街走去。

藤花与草莓

他们在暮秋结婚了。因此，从冬天到春天，卧室的窗户一直是关着的，拉着沉重的窗帘。

如今，沉重的窗帘已被夏日常用的清爽窗帘所取代，仿佛给盲目的新婚爱情忽地打开一扇明亮的窗。妻子舍不得把玻璃门关上，不由地欢快起来，恢复了许久没有表露过的少女般的淘气模样。也许是因微微摇曳的夜风吹拂过绿叶吧。

“初夏的空气里飘着一股乳汁的清香，真好闻。”

“飘着乳汁的清香，说的是你自己吧。昨天，你在回信里就是那么写的。”

“这时节的绿色和嫩叶，就是飘出一股姐姐身上的那种芳香啊。所以，那孩子也想起姐姐来了。”

所谓那孩子，就是指在老家去世的校友的妹妹。昨天，这少女忽然寄来一封天真的信。信上说，我查看了姐姐的遗物，发现里面有你一封信，通过姐姐，我知道有你这样一个人，令人眷恋。总觉得，你就像我的姐姐一样。

这妹妹，多半处于刚上女校的年龄吧。没头没脑的，竟眷恋起人来，像做梦一样憧憬着同班生或高一个年纪的学生——仅仅因为是已故姐姐的朋友，她就觉得这人像她的姐姐。

“就应该好好爱护这般年龄的女孩子的感情啊。”

“你是想起自己任性撒娇的过去了吧？”

“是啊。不过，这个小妹妹，我肯定是见过的，可现在，怎么也想不起来了。”

“就因为这，你就含着泪水给她写回信了，女人真叫人搞不懂啊。”

窗外，紫藤花萼在摇曳。那紫色浮现在清澈的月光下，更像朦胧的幻梦。丈夫那轻蔑的口吻没能滋润自己的心田，妻子多少有些闹别扭的意思。

“奈良公园里的紫藤花也在盛开。高高的杉树梢上，那花色，就像我们年轻姑娘的友谊之花。友人的妹妹我记不起来了，可她的哥哥，我却记得清清楚楚。”

果然奏效，丈夫的眼底浮现出认真的神色。

“应该是这么回事。你们的感情很好，是不是说过要结成真正的姐妹？所以，接到她妹妹的信，你还是会很哀伤。”

“也许是这样吧。虽然没有明确地说过要结为姐妹，可她妹妹不是在信上说了吗，仅仅因为我是她姐姐的朋友，就觉得我好像真的是她姐姐了。同样的，就说我吧，仅仅因为他是友人的兄长，或许，我就觉得他是我真正的哥哥呢？”

“唔。”

“哎呀，年轻姑娘的这种心情，你不觉得可爱吗？你这个人，怎么这样。”

“都是绿叶，让你产生这样的联想。睡觉吧！”

“不过，那哥哥可不像你，他没跟我说那么多可怕的话。说什么我永远爱你，爱你爱到你也爱我为止。你的信让我害怕，我低头了。但是，女人不这样说。女人会说，我永远爱你，爱到最后你不爱我为止。女人和男人不同，女人真无聊。”

“别说啦，我到下面给你把草莓端来。”

“嗯。《枕草子》里有这样一句话，‘水晶念珠、紫藤花、雪覆梅花，漂亮的婴儿在吃草莓’。清少纳言也生过孩子吗？婴儿吃草莓时，样子一定美到极致了吧。”

妻子已忘记了奈良的紫藤花。她站在卧室窗边的紫藤花海前，幻想着自己生下的婴儿的嘴唇。

处女作作祟

一高的《校友会杂志》刊登了题为《千代》的小说。这是我的处女作。

那时，一高的文科生之间流行起到三越和白木屋的餐厅去争女招待。我们每天都到这些百货公司的餐厅去，喝喝咖啡，吃吃年糕小豆汤，泡上两三个钟头。在难待的地方偏要待时间长些，这就是“试胆”。我们挑了一个不知其名的女招待，用德语呼唤她的胸前号码。我们把这个眼睛大大的、淋巴肿胀脸色苍白的少女比作花牌，称呼她“青丹”。三越的十六号（茜契）和白木屋的九号（奈恩）是最受我们欢迎的中心人物。

我对友人松本这么说道：“只要我拎着书包，她就以为我是放学回家，以为我们的家是同一个方向。这不奇怪。并且，一直跟着她走到她家，也安然无事。”

头一天，我拎着书包等候白木屋那位下班。我和九号同乘一辆电车，她在金杉桥下了车。我看见她换乘开往目黑的电车，就乘了下一辆开往天现寺的。跟丢前面的电车后，我不知该在什么地方倒车，回过神来一看，才意识到自己来到了秋日夕阳映照下的郊区。

翌日，我自然也去日本桥看了看，只见一个拎着书包的一高学生呆呆地站在白木屋前，原来是松本。我哈哈大笑，东倒西歪地绕到后街，上丸善书店看新书去了。

松本一回到宿舍，我便迫不及待地把他拽到茶点部去。据说，他和九号在同一地点下车后，与她攀谈起来。她说，“请到我家和家母说说话”，就让他钻进了自己的雨伞下。原来，她家是麻布十号后街那家肮脏的饼干铺。家里有母亲和弟弟。她母亲说，我女儿已经订婚，未婚夫上医学院。据说，她叫古村千代子。

所以，我把没能交给她的、写了十六页稿纸的情书撕碎，写了一篇题为《千代》的小说。小说梗概是：

……田中千代松曾两次到中学宿舍来找我，让我用自己的名义将祖父的借款字据重写一份，还要我把迄今为止的利息加本金的归还时间限定在当年十二月。我最害怕让同学们听见和看见，所以，我没有与他争辩。我从舍监室拿来一张格纸，悄悄立下一张字据。不仅我的亲戚们，甚至连村里人都说千代松是个鬼。首先，让一个未成年人立字据，已经和立了张废纸是同一意思，何况，追到学生宿舍里强迫孩子干这种事，孩子未免太可怜了。大概是想要表达道歉这层意思吧，对失去亲人的我，他表示出种种善意。

千代松的女儿突然给一高的学生宿舍来了一封信，说是遵照父亲的遗嘱，送上五十元钱。都要死了，还在为那件事苦闷吗？我觉得千代松怪可怜的。

我用这笔钱去伊豆旅行了。随后，恋上了走街串巷的舞女。她叫千代。千代松和千代。千代松的女儿也叫千代。

后来，回到东京，我又有了新恋情。这姑娘的名字也叫千代。千代松的女儿千代依旧给我来信。我很害怕。我真想和不叫千代的女子谈恋爱。可是，后来，我先后同几个女孩子谈过恋爱，她们无一不如此自报家门："我是千代子。"这是千代松的鬼魂在作祟。

第三个千代是以白木屋的九号为模特。她叫古村千代子。不过是写了一篇《千代》的小说，仅此而已，不料，这篇处女作竟在作祟。

《校友会杂志》刊出了这篇作品。不到一周，在学校图书馆里，我脸色刷白。我看到《大阪新闻》的一个角落上出现了我的村庄的名字，我读了一遍。报道说，堀山岩男发了疯，把妻子和儿子杀死以后，自己在小仓库里上吊自杀。岩男就是千代松的模特。那样一个稳重的男子，竟会做出这等事，我不禁毛骨悚然。

“我不曾诅咒过他，也不曾憎恨过他。”

在小说里，我只是写了他因病与世长辞。

其后，我回到村子里一打听，人家告诉我：“只有千代手里拿着刀，因此，她才得救，可是，四只指头掉在地上了。”

十二年后，我又恋上了一个陌生少女。她叫佐山千代子。同她订婚才两个多月，这段时间里，不吉利的天象异变一个接一个地冒出来。本想找她谈谈结婚的问题，可我乘坐的火车轧死了人。先前同她在长良川畔的旅馆相会，那旅馆，也因暴风雨将二楼掀翻而停止营业。

“前些日子，一个与我同龄的、身世也相仿的姑娘从这里投河自尽了。”千代子倚在长良桥的栏杆上，边说边凝望河流。归途中，我因服用了近乎毒药剂量的安眠药，从东京站的台阶上滚落下来。为征求她父亲的同意，我赶到东北某城镇。到了那里，正遇上城镇爆发有史以来最可怕的伤寒病，小学都放假了。回到上野车站，出现了原敬在东京车站遭暗杀的号外。原敬夫人的出生地，就是千代子的父亲居住的城镇。

“我家前面的伞铺，那家的姑娘和店铺里一个年轻人相爱，可是，一个月前，这个年轻人死了。姑娘渐渐模仿起那年轻人说话的口吻，她疯了。昨天，她也告别了人间。”千代子在信上这样写道。岐山阜市的中学里，六个男生和六个女生破天荒地抱团私奔了。我搬到为了迎她而租下的房间里，房东给了我一份晚报，报上登着“横滨扇町的千代子对自己生于丙午年感到悲观，自杀了，千代太郎在巢鸭自杀了”。我把摆在房间壁龛里的、做装饰之用的日本刀刷地一下拔出来，看着这刀，我猛地想起岩男的女儿那散落在地上的手指头。岐阜下了一场六十年来从未有过的大雪。还有，还有……

这种事越是滚雪球一样，我的爱慕之情就越发炽烈。然而，千代子却逃跑了。

不过，她来到东京，当上了咖啡馆的女招待。在这儿，她成了把咖啡馆搅得乌烟瘴气的、持刀伤人的暴力团的中心人物。每次来到这咖啡馆，我都泰然自若地瞧着这些场面：有的人被刀砍伤，砍得鲜血淋漓；有的人被人扔出去，骨折了；还有的人被人勒住脖颈，昏倒在地。千代子呆呆地站在原地。之后，她从我的眼皮子底下消失过两三次，也不可思议地将她的住处告诉过我两三次。

两三年后，大地震时，我目睹半个东京几乎被火海吞没，第一个念头就是：“啊，千代逃到哪里去了？”

我拎着水壶和装饼干的纸袋，在废墟般的大街上足足走了一个礼拜，发现本乡区公所的门上贴着一张字条，上面写着："佐山千代子，请到市外淀桥柏木三七一号井上先生家来。加藤。"

看完这张字条，我的腿脚沉重起来，就地蹲下了。

今年是佐山千代销声匿迹的第三个年头，秋冬两季，我都住在伊豆山，当地人来给我做媒，对方是就读于东京文光学园高等部的才女。她举止典雅，容貌普通，眼睛很美，聪明伶俐，待人诚挚，是造纸公司课长的长女，丙午年生，二十一岁，名叫佐山千代子。

"丙午年生的佐山千代子？！"

"嗯，佐山千代子。"

"要，当然要！"

两三天后，东京的朋友跟我说：佐山千代子又在咖啡馆里出现了。

"千代子现在二十一岁，脸胖了些，个子高，简直像一个美貌的女王。你呀，得鼓起勇气到大都会去再同她较量一番。"

并且，不知道她是读过我那部短篇小说集还是看了照我的剧本拍成的电影，她一个劲地煽动我，又补充了一句：

"她说，'我的一生是很不幸的'。"

当然会不幸。她也受到了我的处女作的作祟。

又过了一周，一个登上了这座山的新作家忽然对我说："有传闻说，你已经找到了初恋情人，我还以为你已经乘车返回东京了呢。”

“啊？传闻已经变成这样了？”

我呆若木鸡。不一会儿，他又一本正经地说：“唯独处女作，你应该写得明朗些，幸福些，如同人的出生应该被人祝福一样。”

我想这么说：“那女子的事，早在处女作中我就预言过。像用处女作束缚了那女子的命运一样。”

总之，自从处女作开始作祟，我才懂得艺术创作的可怕。在作品里，我选择写下的人物名、事件或地点，同我降生到这个世界上来一样，是偶然的，又是必然的。就算我成了一个略带宿命论的神秘主义者，也请认为，这是我的处女作作祟的结果。因为我的笔有魔力，不仅能够支配自己，甚至能够支配他人的命运。

头发

一位姑娘想梳头。

此处是深山里的小村庄。

姑娘来到梳头师傅家，大吃一惊。村里的姑娘都聚在这儿。

样式不佳的桃割发髻齐刷刷地出现的那晚，一个中队的士兵开到了这个村庄来。村公所把他们分派在各家各户过夜。总之，全村没有一户不接待客人的。接待客人，简直成了新鲜事。于是乎，姑娘们自然惦记着要把头发梳理一番。

当然，姑娘们同士兵之间没发生任何事。翌日，一大早，中队就离开村庄，越过山头，走了。

然而，梳头师傅累得精疲力竭，她想，这下子，有四天时间可以歇着了。劳动过后，心情愉快。军队启程的同一天早晨，她坐着马车，晃晃悠悠，越过同一座山头，去见她的男人。

山那边的村庄略大一些。

一到村里，那里的梳头师傅就说："哎呀，真高兴。你来得正好，帮个忙吧。"

这里也挤满了村里的姑娘。

她又为这里的姑娘梳起桃割发髻来，傍晚时分才梳完。她的男人在村里的银矿上干活，她过去找他，一见她，梳头师傅就说："要是跟着这些大兵走，我能赚一大笔钱。"

"跟着走？别开玩笑。你以为那帮穿黄色军服的小毛孩是好人吗？傻女人！"

"啪"，男人揍了她一巴掌。

梳头师傅精疲力竭，浑身软瘫，却带着陶醉般的甜蜜心情，瞪了男人一眼。

大兵好像下了山，正在徒步行军，往这里来。那嘹亮的、充满力量的喇叭声，在薄暮中的村庄中回响着。

穷人的伴侣

用柠檬化妆，这是她唯一的奢侈爱好，所以，她的皮肤白皙又嫩滑，仿佛散发出一股清香。她把柠檬切成四瓣，取一瓣，挤出一天用的化妆液。剩下那三瓣，用薄纸将切口蒙上，仔细贮存起来。若不能用柠檬汁液那清爽的刺激感冰镇肌肤，她就感觉不到现在是清晨。她背着恋人，把果汁涂抹在乳房和大腿上。

接吻过后，男人说："柠檬。你是从柠檬河里游过来的姑娘。喂，舔完柠檬后，我想吃脐橙。"

"是。"女子拿了一枚五分钱面额的白铜币去买小橙子。因此，她不得不放弃浴后用柠檬液涂抹肌肤所带来的喜悦。他们家，除了一枚白铜币和柠檬的清香以外，一无所有。旧杂志也不能卖，男人会将它们摞起来当桌子，徒然地撰写长篇戏剧。

“剧本里，有一幕是为你而写的，给你安排了柠檬树林的场景。我没见过柠檬树林，不过，在纪伊见过满园子的蜜柑。秋天，宜人的月夜下，许多游客从大阪一带前往纪伊，参观园子。月光下，蜜柑像鬼火似的，星星点点地浮现出来，简直如同梦中的灯火汇集成了大海。柠檬的黄，远比蜜柑的黄更明亮。永远带给人温暖的灯火。在舞台上，若能表现出这样的效果……”

“是啊。”

“你觉得没意思？本来我就不写这种南国式的明快戏剧。等我更出名，等我发迹之后——”

“人呀，为什么大家都爱出名、非要发迹不可呢？”

“不那样活不下去呗。事到如今，我也不指望出名跟发迹了。”

“发什么迹呀，何必呢。发迹了，有什么用？”

“唔，光是这点想法，你也挺新潮的嘛。举例来说，如今的学生，甚至连自己立足的根基是可恨还是不可恨都要表示怀疑。他们明白，必须摧毁，而且也即将摧毁这个根基。想要出人头地，就必须在知道什么会摧毁的基础上架起梯子向上爬。爬得越高，就越危险。明知如此，周围的人自不必说，就连自己，还是得硬往上爬。再说，如今，所谓的出名与发迹就是昧良心。

昧良心是时代潮流。贫穷且暗淡无光的我是另一种老古董。尽管贫穷，像柠檬般的明朗，或许就是一种新潮呢。”

“可是，我不过是一个穷人的恋人罢了。男人都认为，只要出名只要发迹了就好，一门心思，就是想出名想发迹。女人却只有两种类型——一种是穷人的伴侣，一种是富人的伴侣。”

“别这么夸张。”

“不过，你一定会发迹的。真的。我看男人的眼光，就像命运之神一样，是不会错的。你肯定会发迹的。”

“然后，就抛弃你？”

“肯定会。”

“所以，你是不想让我发迹喽。”

“没那回事。不论谁发迹，我都很高兴。我就像一个鸟巢，孵着一个名为发迹之卵的鸟巢。”

“别抱怨了。回忆先前的男人并不是一件愉快的事。就说你吧，光从你用柠檬液化妆这一点来看，就挺有贵族范儿嘛。”

“哟，这算什么。就算一个柠檬一角钱，切成四瓣，每份只值二分五厘。我一天只花二分五厘。”

“那么，你死后，我在坟前给你种棵柠檬树？”

“好啊。我经常瞎想，想我死后可能连石碑都不立，充其量立一块穷人的塔形长木牌。不过，可能会有些成名发迹的人物身穿晨礼服，乘坐汽车来我的坟地参观吧。”

“别提那些有头有脸的男人。把发迹的幽灵统统赶出去！”

“可是，你很快也会发迹呀。”

正如她所说的那样，她那犹如命运般的信念是不会动摇的。的确，她看男人的眼光是不会错的。她不曾让无出人头地才能的男人做她的恋人。第一个恋人，是她的表兄。除她之外，表兄原先有个富有的表妹做未婚妻。他抛弃了这个富贵人家的大小姐，同她住在一所简易公寓的二楼上，他们一贫如洗。大学毕业那年，他通过外交官考试，以名列第三的成绩被派往驻罗马大使馆，富有的表妹让父亲来低头求她，她就退出了情场。她的第二个恋人是个学医的穷学生，后来，他抛弃了她，与给他提供医院建筑经费的女子结婚了。她的第三个恋人，是一个穷收音机商，他说，从她那耳朵长相来看，他的钱财会流走的，于是，他将坐落在背巷的店铺迁到了街面儿上。街面儿上，住着他的小老婆。就这样，她把他和他当年的贫穷时代一起搁置在背巷里了。她的第四个恋人……第五个恋人……

她的恋人，这个穷戏剧家也一样。自从一些激进的社会科学研究家频繁进出他家，他好不容易才写完一部长篇戏剧。他履行了对她的承诺，写了柠檬树林。写是写了，然而，在现实社会中，他无法找到明亮的柠檬树林。柠檬树林是全剧的终幕。在他所说的根基颠倒过来之后，理想世界中的男女相会与倾谈的终幕成了柠檬树林。然而，因这部戏剧，他与某个新兴话剧团的漂亮女演员坠入情网。按照惯例，柠檬女退出情场。一如她所预料，他也发迹了，爬上了天梯。

她的下一个恋人，是经常到戏剧作家家里高声喊叫的职工。然而，或许上帝赋予她的、看男人的眼光终究迟钝了吧，这个男人没有发迹。不仅如此，作为煽动者，他还失去了工作。她也丧失了看男人的眼光。对她来说，那是活着的感觉。她完了。她是对发迹感到厌倦了呢，还是犯了某种意味深长的、判断上的错误？

为她举行葬礼的那一天，戏剧作家的戏轰轰烈烈地搬上舞台。扮演女主角的是他的新恋人，从她的台词中，他感到她在模仿柠檬恋人的口吻。这出戏大获成功，一演完，他就把终幕的舞台连同台上的柠檬果全部装上汽车，向贫穷的恋人所在的墓地疾驰而去。然而，在她的塔形长木牌前，已经有人上供过了。像把十三夜的月亮堆积起来似的，蜡烛灯火通明，如柠檬般明亮。

“原来，在这种地方，也有柠檬树林啊。”

脆弱的器皿

马路的十字路口旁开了一家古董店。店铺和马路的接合处，立着一尊陶瓷观音像，跟十二岁的少女一般高。电车驶过时，观音那冰冷的身体伴随着商店的玻璃门一起轻轻震动着。每次从旁边走过，我都感到一阵轻微的神经痛，担心这尊观音像会不会倒在马路上。于是，我做了一个梦。

观音的身体笔直地冲我倒下来。

她那修长又丰盈的、垂下来的白皙的胳膊突然刷地一下伸直，搂住我的脖颈。只这两条无生命的胳膊变成了有生命的部分，实在令人敬畏。接触到陶瓷那冰冷的肌肤触感，我连忙躲开了。

观音像无声地倒在地上，摔得粉碎。

她把碎片捡了起来。

她缩成一团，蹲在那里，急急忙忙地收拾散落一地的、闪闪发光的陶瓷碎片。

她的身影出现在那里，使我震惊不已。我抱着想要辩解什么的心情，刚要开口说话，就猛然惊醒了。

这一切，好像是在观音像倒下的一瞬间发生的。

我找到了这个梦的含义。

“你们待妻，应有如对待较为脆弱的器皿。”

那阵子，《圣经》上的这句话经常浮现在我脑海中。这“脆弱的器皿”，常使我联想起陶瓷器皿，进而联想起她。

年轻女子的确容易毁坏。有一种观点是，恋爱本身，就意味着毁坏年轻女子。我是这么想的。

在我的梦里，她不是正在急急忙忙地收拾自己摔碎时的碎片吗？

照片

一个丑陋的人——这么说未免太不礼貌。不过，毫无疑问，正因丑陋，他才成了劳什子的诗人。那位诗人曾这样对我说。

我讨厌照片，几乎没想过要照相，仅在四五年前与恋人合拍过一张订婚纪念照。对我来说，她是我所珍爱的恋人。因为，在这一生当中，我没有信心再找一位像她这样的女子。如今，这张照片，成了我的一个美好回忆。

去年，某个杂志社来人，说要刊登我的照片。我找出一张我、恋人、恋人的姐姐拍下的三人合影，剪下我的像，给杂志社寄去。最近，又有一家报社派来记者，和我要照片。我想了想，还是把我和恋人的合影剪下一半，交给了记者。我叮嘱过，说用毕务请归还，可最终，还是没有还给我。唉，不还也好。

虽说不还也行，可是吧，看见剩下那半张照片，看见恋人映在那上面，我着实感到意外。这就是那位姑娘吗？——声明一下，这张照片上的恋人的确可爱，美极了。因为她当时年方十七，且正在谈恋爱。可是，分手后，当我看着留在我手里的、仅剩她一人的照片，我忽然意识到，什么呀，原来，她竟是这样一个乏味的姑娘吗？迄今为止，我一直都把它看作最美的照片啊！长久的梦顿时惊醒，我兴味索然。我珍爱的宝物全毁了。

如此看来……诗人的嗓门压得更低了。

假如她在报纸上看到我的照片，也一定会这样想：同这么一个男人谈过恋爱，纵使时光短暂，自己也相当懊恼呀。——至此，一切都结束了。

然而，我也想过这样的可能性：假如报纸将二人的合影原封不动地刊登出来，她会不会从某处飞回我的身边，嘴里念叨“唉，这人可真是，对我竟……”呢。

爱犬安产

自古以来，人们就在怀胎五个月后的戌日系一条岩田带来保胎。狗就是这么容易顺产。我自己，曾好几次充当狗的接生婆。诞生新生命是件好事。在养狗者而言，生产和哺育狗崽是莫大的喜事。可是，去年竟接连两次遇到狗难产一事，叫人吃尽了苦头。

刚毛猎狐梗和柯利牧羊犬都是初产。刚毛猎狐梗怀的第三只狗崽在产道里窒息了，第四只狗崽是兽医用兽钳把它夹出来的。不过，还好，先下的两只狗崽和母狗得救了。难办的是柯利牧羊犬。已超出预产期一周，甚至拖了十天，还生不下来。在狗而言，这是很少见的。今晚会生吗？会在今晚吗？想着这些，我无法入眠。我请来两个兽医，连做妇产科医生（给人看病的）的朋友也请来了。狗崽是活着还是死了呢？动手术好还是不动手术好呢？讨论多次后，还是决定施行剖腹产手术。从手术过程来看，母狗无恙，可是，当天夜里它就死了。七只狗崽，有一半烂在了肚子里。

难产带来两项损害，若以金钱来计算，粗算也在千元以上。这且不去管，这只母狗柯利，连姿态都颇似撒娇的女孩子。我彻夜执笔写东西时，它寸步不离，把脸贴在我膝盖上。就是去上厕所，它也跟着过来。因此，它死了，我感到很寂寞，搬到樱木町的一栋房子里来。尽管如此，对比一下人类妇产科那显而易见的高水平，你就知道，兽医的产科是靠不住的。对于贵重犬的难产问题，希望人类的妇产科医生也来会会诊才好。

说回刚毛猎狐梗产崽的事。这次产崽，是第二回。从深夜十一点开始，光看那副抓挠产箱里的稻草的模样，就知道今晚它能够下崽。我给母狗喂了充足的蛋黄和麦片粥，准备了一整套助产用具，诸如脱脂棉、小剪子、细细的三味线琴弦、酒精等。产箱就放置在我的办公桌旁。唯有今晚，妻子也身着和服，在我身后的被炉边上打盹。因为这只狗平时总跟在她身后，一看不见它，她就一刻也踏实不下来。

果然，它满不在乎地从产箱里走出来，走到妻子枕边，在妻子肩膀附近的被炉坐垫上转圈，似乎想在那里下崽。妻子一无所知，睡着了。不久后，它呼吸急促起来，一边转动身体一边呻吟，并且，明明很困，却表现出腹痛的样子，时不时打着哈欠，现出一副怪样子。我边阅读丹羽文雄的处女作《香鱼》边等待它生产。

凌晨三点过后，终于，真的阵痛开始了。我给它检查了一下产道，觉得是时候了，就将它移到产箱里。它四脚朝天，憋足气使劲。这时，羊水破了，它舔着产箱底部。不一会儿，我探头一瞧，它生了。恰好四点整。

“喂，生了，它生了！醒醒，它生了。”

妻子飞快地爬起来，可是，看见血，她的指尖就发颤，显得很惊慌。狗崽被胎衣包裹着，像黏糊糊的腊肠，又像个橡胶气球。我看惯了，便用剪子剪开胎衣，把狗崽取了出来。

当然，母狗也在拼命舔，试图把它咬破。狗崽浑身都湿透了，不一会儿，它忽地张开嘴，动了起来。我用剪子剪掉它的脐带。本想用琴弦把它系住后再剪掉，可又嫌麻烦，所以，直接剪掉了。我只干了两件事：先破胎衣，后剪脐带。顺序不能错。随后，我把胎盘裹在脱脂棉里，放置在一旁。这是母狗要吃的东西。有两种说法：一种是让它吃下去会伤到它的肠胃，另一种是吃下去后奶水会下得好。下几只崽就有几个胎盘，因此，让它吃其中一两个，大概也可以。狗崽仿佛从舔遍全身的母狗的舌头里获得了神秘的生命力，眼看着一点点变活泼，已经开始爬行了。它在搜寻母狗的乳头。母狗必须把污秽物也舔干净，忙得不亦乐乎。我也在用脱脂棉给狗崽和母狗擦拭身上的脏东西。

“这只总算活下来了，毛色看着真不错。不过，总觉得，个子小了点。”说着，我松了口气，擦去手上的血。

妻子把产箱盖上，说：“小些好呀。之前的大，跟那个比，还是小点好生。应该怀了不少胎吧？总觉得很害怕，不敢用手碰它。这只狗崽一点也没吸到奶，不是吗？”

她把狗崽放在掌心里，瞧了瞧它的肚子，原来，狗崽是母的。

没过多久，到了四点四十分，第二只狗崽在产道里稍稍堵了一会儿。不过，个头比第一只大，是只公的，很有精神。拦腰分为两种颜色，头部偏白，有点招人讨厌。妻子把湿漉漉的狗崽抱在怀里，用她的体温温暖它，边用脱脂棉给它擦拭边安慰母狗，说：“已经成活两个了，可以了，和上次一样。”这话说完不到十分钟，第三只狗崽顺利出来了。这只偏黑，脸上像带了假面具似的。这只也是公的。这只的胎盘喂给母狗了。好不容易把狗崽擦干，它还是直往产道那边爬，身体又濡湿了，头部沾满了血。妻子依次把它搂在怀里，给予温暖。她已经忘记当初的恐惧心理。

“讨厌，好像粘在怀里哪个地方了似的，怪疼的。”

此外，尽管母狗绝对信任妻子，可是，怀里的狗崽在哭，母狗显出不可思议的神情，左看右看，歪着脑袋仰望妻子。这么一来，旁边有个东西在不停地叫唤："呼，呱呱……"

是猫头鹰在叫。这鸟踮起脚尖，带着不可思议的表情望着母狗产崽，听狗崽哭泣。它岂止歪着脑袋，它还围着产箱团团转，直盯着产箱瞧呢。

"哦，你也在呀，我忘得一干二净。"说着，我站起身，给它喂了蓑蛾幼虫。

第四只狗崽还是公的，五点二十分产下。妻子说还有，不过，六点时，我让母狗站着，检查了一下，狗肚子里已经空了。简简单单，生得十分顺利。母狗呼噜呼噜地吃着蛋黄和麦片粥，喝了清水。狗崽的小脚丫和嘴带着纯洁的血色，幼嫩，健康，鼻头已然变得微黑。

完成任务的我擦去手上沾的黏液，读了晨报，想着去旅行的事，妻子却一如既往，边摩挲母狗的半边肚子边说："太好了，哎呀，太好了！狗崽睡得真香呀。"她还历数了我那些旧友的名字，诸如石浜金作、铃木彦次郎、菅忠雄、尾崎士郎、武田麟太郎等，说要依次去探望他们，看看他们家里她尚未见过面的那些婴儿。她想更换一下狗窝里垫的干草，一打开挡雨板，温暖的朝阳洒满整个房间。

一月十八日

禽兽

小鸟的啼鸣声，吵醒了他的白日梦。

一辆破旧的卡车上运载着一个大鸟笼。鸟笼比戏台上看到的押解重囚犯的带网竹笼还要大两三倍。

不知不觉间，他的出租车竟挤进了送殡的车队里。后边那辆汽车，在司机眼前的挡雨玻璃上贴了一张“二十三号”的条子。他回头望了望路旁，路边立着一块“史迹太宰春台墓”的石碑。已到达禅寺门前。寺门上也贴着一张字条，上面写着："山门不幸，送津执行。"

这是在坡道途中。坡道下面的十字路口处，站着一个交警。三十多辆汽车一起拥到这里来，很难把交通指挥得井井有条。他望着放生鸟的笼子，心情烦恼起来，便向小心翼翼抱着花篮的、端端正正坐在他身边的年轻女佣搭话："几点了？"

然而，年轻女佣不可能有手表。

司机代她答道："差十五分钟七点，我这表，大概慢个六七分钟。"

初夏，傍晚时分，天还很亮。花篮里的蔷薇香气扑鼻。禅寺的庭园里不时飘来一阵阵恼人的香气。不知是什么树，在六月里开了花。

"那就赶不上了。能不能开快点呢？"

"现在，只能从右侧穿过去，要不……今天日比谷大礼堂举行什么活动？"司机大概想在回程时接一单那边的客人。

"舞蹈会。"

"啊？……要放生这么多鸟，得花多少钱啊？"

"一般来说，途中碰上出殡，就不吉利啦。"

鸟儿发出杂乱的振翅声。卡车一开动，鸟群就骚动起来。

"是个好兆头呀。再没有比这更走运的了。"

司机仿佛要借着殡仪车队证实自己的话，一踩油门向右出列，势如破竹，把送殡的车队甩在后头。

"真滑稽，我们的想法正相反！"他笑着说，心里却想，人们习惯于那样思考问题，也是很自然的。

去观赏千花子的舞蹈表演，中途遇上出殡的，总是叫人耿耿于怀。现在应该不会有人觉得可笑。若论不吉利，比起中途碰上出殡的，把动物的尸体放在他家里不管应该更不吉利。

“回家后，今晚可别忘了，得把戴菊扔掉。它还在二楼壁橱里呢。”他对着年轻女佣，冒出这么一句。

戴菊双双死去已一星期了。他懒得从笼中把死鸟拣出来，便连笼带鸟往壁橱里一搁了事。就是楼梯尽头那个壁橱。每逢家中来客，他和女佣总是把鸟笼下的坐垫拿出来换掉，他也好女佣也罢，就是懒得把死鸟扔掉。小鸟的尸体，他们早就看惯了。

戴菊和煤山雀、褐头山雀、鹪鹩、蓝歌鸲、银喉长尾山雀一样，都是小巧玲珑的家鸟。它的上身是橄榄绿，下身是淡黄灰，脖颈也是灰色，翅膀有两条白带，飞羽的边缘是黄色的。头顶有一圈黄线，还套着一圈黑线，展开羽毛时，黄线就明显地露在外头，恰似顶了一瓣黄菊花瓣。雄鸟的黄线呈深橙色。滚圆的眼睛很有魅力。它高兴地在鸟笼顶部跳来跳去，动作活泼，惹人怜爱，且蕴含着一种高雅的气质。

鸟店老板在夜间将鸟儿拿来，所以，立即把鸟放在昏暗的神龛上。过了片刻再去看看，小鸟的睡姿实在优美。两只小鸟互相依偎，将各自的脖颈深深地伸进对方身上的羽毛里，活像一团毛线球，圆滚滚的，简直分不出彼此。

他是个快要四十的单身汉，见此情景，心中不禁浮现出孩提时经历过的温暖。他站在饭桌边上，久久凝视着神龛。

他想，即使人类，如果是一对年幼的初恋情人，在某个国度，总会有睡姿也如此优美的两个人吧。他希望有个伴侣同他一道观赏这种睡姿，可是，他并没有呼唤女佣。

从翌日起，吃饭时，他总把鸟笼放在饭桌上，边吃饭边观赏戴菊。平时，即使会客，他也不曾把心爱的动物从身边移开。客人的话，他左耳进右耳出，只管逗弄小夜莺，用手指给它递食，要么忘我地打着手势训练夜莺，要么把柴犬抱在膝上，耐心捉虱子并捻死。

“柴犬有些地方像个宿命论者，我很喜欢它。有时像这样坐在我膝上，有时蹲在角落里，一待就是半天，一动也不动。”

直到客人起身告辞，他还是这样，瞧都不瞧客人一眼。

夏天时，他把鳉鱼苗和鲤鱼苗放进玻璃缸，摆在客厅的桌子上。

“也许是年龄的关系吧，我渐渐讨厌起会见男人，男人真烦，见了就觉得累。不论吃饭还是旅行，同伴最好是女性。”

“那你干脆结婚，不就行了？”

“结婚嘛，找个看着薄情的女子为好，所以，没法结。明知这女人薄情，却佯装不知同她交往，这才轻松。雇女佣时，我也尽量雇薄情的女子。”

“正因为这样，你才饲养动物吧。”

“动物可不怎么薄情。身边若一直没有活着的会动的东西，人可就寂寞啦。”

他说话心不在焉，只顾全神贯注地观赏玻璃缸里五彩缤纷的鲤鱼苗。它们游来游去，鳞光闪闪，变化万千。他心想，这样狭窄的水域，居然也能有这样一个微妙的光之世界！客不客人的，他早已忘得一干二净。

只要弄到新品种，鸟店老板就会悄悄地给他送来。有时，他的书斋里，鸟雀竟多达三十种。

“鸟店老板又送鸟来了？”女佣厌烦地说。

“有什么不好？这样，我的情绪就会好上四五天。再没有什么比这个更划算了。”

“可是，老爷，一看见你表情无比认真，只顾看鸟，就……”

“就觉得有点毛骨悚然？还是觉得我快要发疯了？或者，是家里变得安安静静寂寞难熬，是吗？”

可是，在他看来，新的小鸟到家后两三天，生活便完全充满了灵动的思绪，甚至能够感受到天地之可贵。大概是自己有问题吧，怎么也无法从人类身上感受到那样的东西。比起美丽的贝壳与花草，小鸟是活的，还会动，仅这一点，造化之妙一目了然。即使成为笼中鸟，小小的动物们也会展现出生命的喜悦。小巧活泼的戴菊尤其如此。

然而，刚过了一个月，给它们喂食时，其中一只从笼中飞了出来。女佣惊慌失措。小鸟飞到了库房旁一株香樟的树梢上。

樟树叶上带着晨霜。一对鸟儿，一只在笼里，一只在笼外，高声鸣叫，你呼我应。他赶紧把鸟笼放在库房房顶上，放置了一根带粘胶的竹竿。鸟儿的叫声逐渐变得悲切，晌午时分，逃脱出来的小鸟向着远方飞走了。这对戴菊是从日光山捉来的。

留下的一只是雌鸟。分明以那样的姿势睡觉，如今却……他到鸟店去，唠唠叨叨地催促老板，要他帮忙找只雄鸟，自己也去其他店里看，四处寻觅，可是，没有找到。不久后，鸟店老板又让人从农村送来一对。他说，只要一只雄的就行，对方却说："它们是成双成对地生活，只剩一只留在店里也没有用，雌鸟是白送您的。"

"可是，三只鸟生活在一起，能相处得好吗？"

"能吧。把两个鸟笼靠在一起，过上四五天，彼此就熟悉啦。"

然而，他像孩子摆弄新玩具一样，鸟店老板一走，就迫不及待地将两只新鸟移到原来那只笼子里去了。不料，它们闹得厉害。那对新鸟压根不站在栖木上，只是啪嗒啪嗒地在笼子里来回飞。原先那只戴菊吓坏了，在笼底呆立不动，仰望着这对闹腾的新伙伴。那两只鸟像一对遇难的夫妻，互相呼唤着对方。三只鸟儿都诚惶诚恐，心脏怦怦直跳。试着把它们放在壁橱里，只见那对夫妻一边叫一边紧紧地挨在一起。那只离了婚的雌鸟独守一隅，无法平静下来。

他想，这样不行，于是，把它们分笼安置。他看了看那对夫妻，再瞧瞧那只雌鸟，觉得很是可怜。他又试着把原来的雌鸟同新来的雄鸟放在一个笼里。新来的雄鸟还是跟被隔开的妻子互诉衷肠，与原来那只雌鸟并不亲密。然而，不知不觉间，这两只挨在一起睡着了。次日傍晚，把三只鸟合放在一个笼里，它们也不像昨天那样闹腾了。两只雌鸟从两边把头伸进雄鸟怀里，三只鸟簇成一团，睡着了。他将鸟笼放在枕边，也进入了梦乡。

可是，翌日清晨，睁眼一瞧，两只鸟依偎在一起，像一团温暖的毛线球，另一只鸟则在栖木下方，在笼子的底板上半张着翅膀，伸直腿脚，半睁着眼死去了。他悄悄将死鸟拣出来，像是不想让另外两只看见。他背着女佣，把死鸟扔进了垃圾箱，仿佛干了一件骇人听闻的谋杀案。

“究竟是哪只鸟死掉了呢？”他仔细打量鸟笼。出乎意料的是，活着的好像是原来那只雌鸟。比起前天刚来的雌鸟，他更喜欢这只相处了一段时间的、已经喂熟了的雌鸟。也许是这份偏爱，促使他这样想的吧。他无亲无故，独自生活。他憎恨自己这种偏爱。

“既然给予的爱有差异，为什么要跟动物一起生活呢？人类这东西，不是挺好的吗。”

戴菊相当孱弱，很容易养死。不过，后来，他这两只鸟都很健康。

他先给偷猎到手的小伯劳喂食，又喂从山里猎获的各种雏鸟，忙得连门也出不去的季节快要到了。他把洗衣盆搬到廊台上给小鸟洗澡。紫藤飘落在盆子里。

他一边听鸟儿振翅拍水的声音一边清扫笼里的鸟粪，这时，墙外传来孩子们的喧哗声，听他们的对话，似乎在为一只生命垂危的小动物而担心。他想，会不会自家养的刚毛猎狐梗的狗崽迷了路，从中庭跑了出去呢？他踮起脚向墙外张望，原来是只小云雀，脚跟还站不稳，在垃圾箱里拍打着孱弱的翅膀，在挣扎。他忽地闪过一个念想，干脆捡来喂养吧！

“怎么啦？”

“是对面那家人……”一个小学生指着像泡桐一样颜色刺眼的蓝房子，“是他们扔的！鸟会死掉的啊！”

“嗯，会死掉的。”他漠然说罢，离开了墙边。

那户人家饲养了三四只云雀。可能是估摸着这只雏鸟将来不会鸣叫，没什么前途，这才把它扔了吧。“何苦捡人家扔了不要的鸟呢？”他的慈悲心转眼间便消失了。

有的雏鸟分不出雌雄。鸟店老板不管三七二十一，从山里把雏鸟整窝端回来，分辨出是雌鸟后，就把它扔掉，因为雌鸟不会叫，卖不出去。爱动物，归根结底，就是寻求优良品种，这是理所当然的。从另一个角度来说，这种冷酷根深蒂固，是免不了的。不管是什么样的宠物，只要看见新的，就想占有，他就这个脾气。凭借经验，他知道这种喜新厌旧的做派本质上讲等同于薄情。另外，考虑到自己在生活和感情上的堕落带来的结果，如今，无论什么样的名犬与名鸟，只要是别人一手养大的，就算是白给的或者求着他收，他也不想养。

因此，孤独的他毫无道理地琢磨，人类可真讨厌！一旦成了夫妻，成了父子兄弟，即使对方是个无聊的人，你也很难轻易摆脱这种纽带，只好认命，共同生活下去。况且，每个人心里都装着一个“我”字。

这些姑且不谈。他认为，把动物的生命或生存状态当作玩物，以一种理想的模式来确定目标，人为地、畸形地培育它们，既包含一种可悲的纯洁，又带有一种神仙般的爽快感。他把那些喊着“良种！良种”狂奔而去的虐待动物的爱护者看作天地间或说人间悲剧的象征，一边以冷笑待之，一边又宽恕了他们。

去年十一月，一天傍晚，一个常年患肾脏病还是什么病的像个干瘪蜜柑似的狗店老板顺路到他家来坐。

“跟你说，刚才发生了一件大事。进公园之后我就放开了狗绳，雾大，天色又暗，只一会儿工夫没看好它，它竟跟野狗搭上了。我立即把它们隔开，边骂边使劲踢它的肚子，几乎把它踢得站不起来。万万没有想到，它反倒怀了孕，真够讽刺的。那么费力地阻止过了！”

“真不争气。你不是生意人吗？”

“唉，很惭愧，都没法跟别人说。混账，一转眼就让我亏了四五百元。”狗店老板那两片蜡黄的嘴唇气得直抖。

那只精悍的杜宾犬小里小气地缩着脖子，用怯生生的眼神仰望这位肾脏病人。雾飘过来了。

经他斡旋，这只母狗应该能卖出去。尽管他提醒过对方，狗一旦到了买主家里，产下杂种狗崽就丢人现眼了。可是，狗店老板像是手头拮据，没过多久，没让看狗就卖出去了。结果，两三天后，买主将狗带到他家里来。据说，买后次日夜里，狗就产下了死胎。

“据说，女佣听见痛苦的呻吟声，便拉开挡雨板，见狗正在廊台下方吃自己生的狗崽。她吓坏了。天刚蒙蒙亮，看不清它产下了多少只，女佣看见的时候，它正在吃最后一只。我马上把兽医叫来。兽医说，论理，狗店老板不会一声不吭就卖狗，它准是跟野狗或什么狗搭上了，遭到毒打之后才送来的。这狗产崽的样子非同寻常。要么，就是原本就有吃狗崽的习惯。若果真如此，退回去算了。全家都很愤慨，都说，那只狗遭受如此待遇，太可怜了。”

“我瞧瞧。”说着，他漫不经心地抱起狗，边抚弄狗的乳房边说，“这是喂过狗崽的乳房。这次产下的是死胎，它才吃狗崽的。”

对狗店老板的缺德，他感到气愤，也可怜狗的遭遇，却摆出一副无动于衷的表情。

因为他家狗也产过杂种狗崽。

就是外出旅行，他也不和男伴同睡一室。既不乐意让男人留宿家中，也不愿收留工读学生。男人令人腻烦，不过，净养母狗，倒是同这种嫌恶男性的心情不相干。公狗若不是优良品种，就不能做种狗。买入种狗很花钱，还得像吹捧电影明星那样宣传，受不受欢迎是未知数，还可能被卷入同类进口种狗的竞争中，跟赌博似的。他曾到过一家狗店，要求看看著名的种狗，一只日本㹴犬。那狗成天窝在二楼的垫子上。只要把它抱下楼，它就习惯性地以为是母狗来了，像老练的男娼似的。它的毛短，裸露出异常发达的性器官，就连他，看了都觉得不舒服，把视线移开了。

不过，他并不是介怀这个才不养公狗。看见狗生产和育仔，对他来说，这比什么都快乐。

那是只波士顿㹴犬。它在墙边挖洞，咬破旧篱笆，本来已经照交配期配了公狗预备着交配的，可它把绳子咬断跑了出来，因此，他晓得它会产下杂种狗。女佣把他叫醒时，他像个医生似的睁开眼，说："准备剪刀和脱脂棉。还有，赶紧切断酒桶的绳子。"

初冬的朝阳洒在中庭地面上，唯有此处，气氛有些新鲜。

阳光下，狗横躺着，肚皮像兜了一个茄子，向外凸起。它带着些许歉意摇摇尾巴，像在诉说什么似的抬眼望着他。突然，他感到这是一种道德上的谴责。

这狗是初次来月信，身体还没发育成熟。从它的眼神里可以看出，它似乎不知道分娩是怎么回事。

“这只狗好像不晓得自己身上起了什么变化。虽然不知道为什么，但它好像显得很困惑。仿佛在说‘我该怎么办’？”它有点尴尬，一脸腼腆，却又天真地任人摆布，对自己的所作所为，似乎并不觉得需要负责任。

因此，他回想起十年前的千花子。当年，她卖身给他时，脸上的表情恰好和眼前这条狗一样。

“听说，一旦做起这门生意，人就会渐渐麻木不仁，真的吗？”

“也不见得。只要你见的是喜欢的人，就不会。再说，如果固定见的客人总是那两三个，也谈不上做买卖。”

“我好喜欢你。”

“喜欢也没什么用吧。”

“没那回事。”

“是吗？”

“我出嫁时，就见分晓啦。”

“那倒是。”

“我该怎么做才好呢？”

“你该怎么办？”

“你太太是怎么做的？”

“没法说。”

“哎，告诉我嘛。”

“我没有太太。”

他惊讶地注视着她那认真的表情。

“你像它，我感到很内疚。”说着，他把狗抱起来，移到产箱里。

很快，母狗产下带着胎衣的狗崽，它似乎不知该如何处理。他用剪子破开胎衣，剪断脐带。第二个胎衣很大，两只狗崽泡在浑浊的青绿色胎衣水里，看颜色，像是死胎。他麻利地用报纸把它裹好。接着，又生了三只，都是带着胎衣的狗崽。随后，生到第七胎时，是最后一胎了，狗崽在胎衣里蠕动，可全身已经干瘪了。他观察了一阵子，连胎衣带狗崽，一股脑儿地用报纸包了起来。

“扔哪儿都行，帮我扔了吧。西方喜欢掐死狗崽，会弄死发育不健全的狗崽，这样才能留下健康的狗。可是，日本人有人情味，不能这样做。你给母狗喂点生鸡蛋吧。”

他洗过手，又钻进被窝里。新的生命诞生了。他的内心充满鲜活的喜悦感，恨不得到街上转悠一番。自己刚弄死一只狗崽的事，他早已忘得一干二净。

然而，早上刚睁开眼，一只狗崽死了。他把狗崽拣出来揣在怀里，散步时，顺便把它扔掉了。两三天后，又死了一只。母狗为了造窝，来回扒拉稻草，狗崽被埋在稻草里。狗崽尚不具备自己扒开稻草的力气，母狗不但没把狗崽叼出来，反倒自己躺在盖着稻草的狗崽身上睡大觉。一夜之间，狗崽有的被压死，有的被冻死。跟愚蠢的人类母亲用乳房压着孩子，把孩子憋死了一样。

“又死了。”说着，他漫不经心地将第三只死狗揣进怀里，吹着口哨唤来一群狗，把它们带到附近的公园里去。波士顿㹴犬高高兴兴地四处乱窜，看样子，根本不知道自己憋死了自己的孩子。看见这副情形，他又忽地想起千花子来。

十九岁时，千花子被一个投资人带到哈尔滨，待了三年多，跟着白俄罗斯人学习舞蹈。而后，男子投资接连受挫，完全过不下去，就让千花子参加正在满洲巡回演出的乐团，好不容易熬了过来，二人辗转回到国内，在东京安顿下来。没过多久，千花子便抛弃了投资人，同一个从满洲结伴而来的伴奏师结了婚。随后，到各处巡回演出，还举办了专场个人舞蹈会。

那时，他也算乐坛的一分子，有名有姓。不过，与其说他理解音乐，不如说，他不过是每月给某音乐杂志交钱罢了。但是，为了和一些熟人聊些废话，他还是会去听音乐会，也观看千花子的舞蹈。他被千花子那既充满野性又带着颓废的肉体所吸引。究竟是怎样的秘密唤醒了她身上这种野性呢？同六七年前的千花子比较，他不禁愕然。他甚至想，为什么那时候不同她结婚呢？

然而，舞蹈会进行到第四场的时候，她的肉体魅力骤然削弱了。他鼓足劲头走到后台，她尚未脱下舞服，正在卸装。他理都不理这情况，拽着她的衣袖，把她带到了昏暗的后台。

“放开我！稍微一碰，我的乳房就疼。”

“这怎么行呢，为什么要干这种傻事？”

“因为我向来喜欢孩子。以前，我真的想要一个自己的孩子。”

“真想抚养孩子？被那种婆婆妈妈的事绊住，你的技艺能发展下去吗？现在怀上孩子，以后怎么办？提前注意一下啊！”

“怀都怀了，我有什么办法。”

“别胡说！女艺人一个个的都这样想什么就干什么，那还得了！你丈夫是怎么想的？”

“高高兴兴地疼孩子呗。”

“唔。”

“以前我是干那个的，现在居然能有孩子，我高兴啊。”

“那就不要跳舞了。”

“我不！”

没想到，她的语气异常激烈。他沉默了。

不过，千花子没有生第二胎。就是生下的孩子，她也没能自己带在身边。或许就是因为这个，夫妇二人渐渐淡漠了，疏远了。这种传闻，也传到了他的耳朵里。

千花子并没有把心思放在孩子身上，就像这只波士顿㹴犬一样。

就说狗崽吧，若有心挽救，他还是能救活它们的。头一只死了之后，他可以把稻草切得更细碎些，或在稻草上铺一块布，这样，第二只就能幸免于难。这一点，他明白。然而，不久后，最后一只狗崽跟它的三个兄弟一样，也丧生了。倒不是盼着这些狗崽死光，可是，他也没想过必须让它们活下去。他对它们这样冷漠，大概因为它们都是杂种的缘故吧。

路边的狗常常跟着他回家。在走出老远，边招呼这些狗边带它们回家，给它们喂食，让它们睡在暖乎乎的窝里。他感谢狗能理解他那颗慈爱的心。然而，自打他养了自家的狗，他就不再理睬路边的杂种狗了。人类大概也是这样吧。他蔑视世上有家眷的人，也嘲笑自己的孤独。

对待小云雀，他也是如此。他想救活它、饲养它，这种慈悲心很快就消失了。他想，何苦去捡人家扔下不要的鸟呢。他任凭小孩子把小云雀玩弄至死。

不过，在他看那只小云雀的当儿，仅仅几分钟，他的戴菊就在水里泡过了头。

他吃了一惊，赶紧把水淋淋的鸟笼从脸盆里拎出来。两只鸟都倒在笼子里，活像一团湿透了的破布，没了动静。他把鸟放在掌心上仔细端详，只见鸟的腿脚在微微抽动。

“谢天谢地，还活着呢。”他来了劲头。可是，小鸟已经闭上眼睛，小小的躯体整个变冷，看样子是无法挽救了。他捏着两只鸟儿，在长方形的火盆上烘烤，又让女佣续上新炭，在旁扇火。鸟儿的羽毛上冒出一股热气，小鸟抽搐着，动了起来。光是这火烧一样的炽热，就能使鸟儿感到震惊，产生出一股同死神搏斗的力量。可是，手烫得受不了，于是，他在鸟笼里铺了一块毛巾，把小鸟放在上面，用火烘烤。手巾都被烤成焦黄色了。鸟儿像时不时被人拨弄似的，吧嗒吧嗒地拍打翅膀，东倒西歪，怎么也站不起来，而后，又闭上了眼睛。羽毛全干透了。可是，一离开火，鸟儿又趴倒了，看样子是活不成了。女佣到饲养云雀的那户人家去打听，说是小鸟孱弱的时候，让它喝点粗茶，把它裹在棉花团里就行。他双手捧着裹在脱脂棉里的鸟儿，把茶吹凉，往鸟儿嘴里灌。鸟儿喝了。不久后，它一靠近碎食，就探出头来开始啄食。

“啊，活过来了！”

这种喜悦，多么令人舒畅啊！抬头一看，这才发觉，为了救活这只小鸟，他足足折腾了四个半小时。

两只戴菊想要双双立在栖木上，可是，不知从上面掉下来多少回。好像是张不开爪子。他抓住鸟儿，用手指碰了碰它的爪子，鸟爪萎缩又僵硬，像根枯枝似的，一折就断。

“老爷，您刚才不是用火烤来着吗？”女佣一说，他想起来了。难怪鸟爪变得干巴巴的。真要命！一想到这里，火气更大了。

“明明在我掌心里，要么就是在手巾上，鸟爪怎么可能烧焦了呢！明天，要是鸟爪还好不了，你就到鸟店去请教该怎么办吧。”

他锁上书斋门，把自己关在里面，把两只鸟爪含在嘴里，让它暖和暖和。舌头上的触感催人落下恋爱的热泪。不一会儿，他掌心上的汗濡湿了鸟的翅膀。他用唾沫润了润鸟爪，鸟爪有点柔软了。他生怕粗手粗脚地碰鸟会把它的爪子折断，便小心翼翼地先将鸟的一只脚捋直，试着让小鸟的爪子抓住自己的小指头。然后，又将鸟爪含在嘴里。他松开栖木，将鸟食移到小碟里，放在鸟笼底板上。可是，鸟儿的爪子不灵便，站立起来吃食，还是很困难。

“鸟店老板说，可能是老爷把鸟爪烤伤了。”第二天，女佣去了一趟鸟店，回来说，“老板还说，用粗茶暖和暖和爪子就行。一般说来，鸟自己会啄，它能照顾自己。”

果然，鸟儿不停地啄自己的爪子，又拉又拽。

鸟儿带着啄木鸟的气势精神抖擞地啄了起来，仿佛在说："爪子啊，怎么啦，你可要争气啊！"它试图凭借那双不灵便的爪子勇敢地站起来。自己身体局部受伤，它似乎觉得不可思议。小小的生命迸发出的生命火花，几乎使他高声喊出鼓励的话。

他把鸟爪泡在粗茶里试了一下，但觉得还是含在嘴里更见效。

这对儿戴菊太认生了。以前，只要一抓住它们，它们的胸口就剧烈地跳动。如今，爪子受伤这一两天里，把它们托在掌心上，它们也习惯了，非但不害怕，反而兴高采烈地鸣叫，被他呵护着吃食。鸟儿的这种变化，促使他格外疼爱它们。

但是，他看护小鸟没有半点恒心，动不动就偷懒，萎缩的鸟爪上沾满了鸟粪。第六天早晨，这对戴菊双双死去了。

小鸟的死着实不可捉摸。早上经常能发现鸟笼里有意想不到的死鸟。

在他家，最先死去的是红雀。这对红雀夜间被老鼠咬掉了尾巴，笼子里血迹斑斑。次日，雄鸟就一命呜呼了。雌鸟迎来一只又一只雄鸟，可不知为什么，雄鸟一一死去。尽管如此，这只雌鸟却像猴子般拖着露出红肉的尾巴。活了很久。然而最终，它还是一天比一天衰弱，也死了。

"看来，红雀在我们家养不活，以后不养了。"

红雀是少女们喜欢的鸟类，他本来就不喜欢。比起吃撒食的洋鸟，他更喜欢吃碎食的日本鸟，因为这种鸟儿更古雅。就鸣禽来说，他并不喜欢金丝雀、黄莺、云雀这类叽叽喳喳的鸟儿。之所以饲养红雀，不过是因为这是鸟店老板送给他的缘故。死了一只，所以又买来后来那几只，仅此而已。

不过，说到狗，一旦养了柯利，就不想让它在自己家里绝种。他憧憬像母亲一样的女性。他爱和初恋情人一样的女人。他想和酷似死去的妻子的女性结婚。这不是同样的感情吗？他过着同动物为伴的生活，似乎是因为他想要获得更孤单更傲慢的寂寞。他不养红雀了。

红雀死去之后，紧接着，是黄春翎。它的背部呈黄绿色，腹部呈黄色，优美又淡然的倩影，蕴含着一种稀疏竹林般的雅趣。尤其是混熟以后，它不肯吃食时，只要他用手指喂它，它就快乐地震颤半展的双翼，发出悦耳的鸣叫声，高高兴兴地进食，还淘气地啄他脸上的黑痣。他把它放飞在客厅里。大概是捡了盐味饼干屑还是别的什么东西，它吃多了，撑死了。黄春翎死后，他本想另买一只，又改了主意，将迄今为止未曾亲自照料过的琉球歌鸲放进那只空笼子里。

戴菊的死，无论是因为溺水还是因为伤爪，恐怕都是他的过失造成的。他对它们的依依之情更加难以割舍。很快地，鸟店老板又送来一对。他作风照旧，到底是个头玲珑的鸟，这回给鸟洗澡，他寸步不离脸盆边，不料，竟迎来了跟上次同样的结果。

他从盆里拎出鸟笼，鸟儿颤抖着，闭上了双眼，但好歹能站立起来，比上次的情况好一些。这回可以不烧伤它们的爪子了。

“又来了。你去生火吧。”他沉住气，有点内疚，说道。

“老爷，还是让它们死了算了，怎么样？”

听见这句话，他不由得吃了一惊，如梦初醒。

“可是，上回没怎么费事也救活了呀。”

“是可以救活，但没活多久呀。上回鸟爪伤成那样，我心想，还是早点死了的好。”

“能救还是要救一下。”

“还是让它死了的好。”

“是吗。”他感到体力衰竭，几乎神志不清。他默默登上二楼书斋，把鸟笼放在透过窗户照射进来的阳光下，茫然地凝视着戴菊，看着它们慢慢死去。

他祈求着，或许，阳光的力量能救活它们呢？但是，不知怎的，他生出几许悲伤，犹如看见了自己的凄惨模样。上次，为了救活小鸟，他忙乎了一阵子。如今，他已无能为力。

鸟儿终于断了气。他从笼中把湿漉漉的死鸟拣出来，托在掌心上。不久后，又将死鸟放回笼中，把笼子放进壁橱。他下了楼，若无其事地对女佣说：“死了。”

戴菊娇小孱弱，很容易死。然而，家中喂养的银喉长尾山雀、鹪鹩和煤山雀却活得挺欢。两次给鸟洗澡，都把鸟弄死了，这不免使他感到此事是命里注定——家里死过一只红雀，别的红雀也就很难养得活。

“我同戴菊已经没有缘分啦。”他笑着和女佣说。说罢，他在茶室里侧身躺了下来，让狗崽不停地抓挠他的头发，又从并排放置的十六七只鸟笼里挑选出一只猫头鹰，拿到书斋里去。

一瞧见他，猫头鹰就气得瞪圆双眼，不停摇晃缩起的脖颈，边名叫边呼哧呼哧喘粗气。被他盯着看，这猫头鹰就坚决不吃食。一用手指夹着肉片靠近它，它就气鼓鼓地咬着肉片不撒嘴。肉片就挂在嘴边，它却不吃不咽。有时，他偏要跟它比耐性，熬夜熬到早上。只要他在旁边，猫头鹰连瞅都不瞅碎食一眼，只管纹丝不动地待着。然而，天色微微发白时，它终于饿了。鸟爪横着向栖木上放鸟食的地方移动，发出声响。回头一看，猫头鹰耸起头上的羽毛，眯缝着眼睛，表情无比阴险，无比狡猾。这鸟朝饵食方向探出头，猛然抬起头，憎恶地吹了口气，摆出一副佯装不知的表情。他东张西望，不去看它。这过程中，又会听见鸟爪鼓捣出的动静。视线刚一对上，鸟又开始远离饵食。一人一鸟在这边反复折腾，伯劳在那边叽叽喳喳，唱起欢快的晨曲。

他不但不怨恨这只猫头鹰，反而把它看成一种有趣的慰藉。

有一次，他对友人说：

“不知道有没有这样的女佣，我想找一个。”

“嚯，有时，你倒挺谦虚嘛。”

他露出不悦的神色，扭过脸去，不再理睬他的朋友。

“啾啾，啾。”他呼唤身边的伯劳。

“啾啾啾啾，啾啾啾啾。”伯劳尖声回应，仿佛要吹散周围的一切。

伯劳与猫头鹰虽同属猛禽，可这只伯劳对喂食的人极为亲热，像个撒娇的小姑娘似的，很爱亲近他。一听见他外出归来的脚步声或是咳嗽声，就开始叽叽喳喳。一出鸟笼，就飞落在他的肩上或膝上，美滋滋地抖动翅膀。

他把伯劳放在枕边，代替闹钟。天一亮，不管他是在翻身，还是手在动，还是在鼓捣枕头，它都发出“叽叽叽叽”的撒娇声。就连他咽口唾沫，它也要“啾啾啾啾”地回应。转眼间，它气势恢宏地鸣叫起来，把他唤醒。叫声颇像一道道闪电，划破生机勃勃的清晨时光，给人一种爽快感。它与他一来一往，不知应了他多少回，待到他完全苏醒过来，它就仿效起各色鸟儿，静静地发出啁啾声。

首先，是伯劳的欢唱，接着，是众多小鸟的啼鸣声。这些接连不断的声音，使他有了“今天也是如此可喜”的感觉。他并未换下睡衣，用手指粘上碎食去喂伯劳，空腹的伯劳用力咬住他的手指。他把这种举动，看作爱的表示。

外出旅行时，即使只住一宿，他也会梦见动物，半夜三更，惊醒过来。所以，他几乎不在外留宿。这也许是个怪癖。有时，他独自一人去访友或去购物，半路上孤孤单单百无聊赖，又折了回来。没有女伴时，他只好带着小女佣一起出门。

去观赏千花子的舞蹈时，既然叫上小女佣带了花篮同去，就不能说声“算了，回家吧”便折回去。

当晚的舞蹈会是某报社主办的，十四五位女舞蹈家参加演出，争奇斗艳。他已有两年没看过千花子的舞蹈了，他实在不愿看到她在舞蹈上的堕落。那种残存的野性力量，已然成为一种庸俗的媚态。舞蹈的基础形式，连同她的肉体美，都荡然无存了。

虽然司机那么说，他却借口碰上送殡队伍且家里又放着戴菊的尸体很不吉利，吩咐女佣将花篮送到后台去。她说，她想见他，可他看过方才的舞蹈，无法与她心平气和地谈话，于是，趁幕间休息，他溜到了后台。在入口处，他还没站定，就赶紧藏在了门后。

此时，一个年轻男子正在给千花子化妆。

她静静地闭上眼，微仰着脸蛋，伸长颈脖，任凭对方摆布。由于嘴唇、眉毛、眼睛还未上妆，那张纹丝不动的惨白的脸，看起来像没有生命的玩偶，如同死人脸一般。

约莫十年前，他曾打算和千花子双双殉情。那阵子，他成天念叨想死想死，这俩字，几乎成了口头禅。可是，并没有什么理由非死不可。

他不过是觉得，自己同动物朝夕相伴，这种生活方式，像一朵漂浮其上的泡沫之花。千花子浑浑噩噩，任人摆布，仿佛有人从别处给她带来了人世间的希望，而她，不能算是还活着。因此，他也想过，拉这样的千花子一起死，合适吗？果不其然，千花子照常带着一脸不知自己所做之事有何意义的天真表情，点了点头，只提了一个要求。

“据说，人死时下半截会咣当咣当地挣扎，把我的腿绑紧些呀。”

他用细绳替她绑腿，这才惊讶地发现，她的腿竟如此漂亮。

“也许人们会议论，这家伙，也能同这么标致的女人一起死？”他想。

她背对着他躺下，她天真地合上眼，脖颈微伸，双手合十。这种虚无的价值，如闪电般打动了他。

“啊，不该死啊！”

当然，他不想杀人，也不想死。千花子是真心想死还是闹着玩的？不得而知。从她的表情来看，似乎两者都不是。此事发生在一个仲夏的午后。

然而，不知怎的，他感到异常震惊。自那以后，他想都没想过要自杀，同时，再也不把自杀这个词挂在嘴边了。当时，他的心底回荡着这样一个念头——不管发生任何事，我都应该感激这位女子。

看到让年轻男子做舞蹈会化妆师的千花子，他便回忆起当年她双手合十时的脸庞。刚才也是，一坐上车子，立刻做起白日梦，梦的也是那张脸。就算在夜里，每次想起那时的千花子，他总有一种错觉，觉得自己正在被仲夏白昼那刺眼的阳光所笼罩。

“话又说回来了，我为什么要瞬间躲到门后边去？”他喃喃自语，折回走廊。这时，他遇上一个男子，对方亲切地向他打招呼。他一时想不起对方是谁，此人却非常激动。

“还是这样好嘛！这么多人在跳，才能显出千花子的精彩啊。”

“啊！”他想起来了。此人是千花子的丈夫，那个伴奏师。

“最近好吗？”

“哎呀，我早就想到府上拜访您啦。其实，去年年末，我已同她离婚了。可不管怎么说，千花子的舞蹈确实出类拔萃。太精彩啦！”

他寻思，自己也该说几句好话，可不知怎的，他心中郁闷。这么着，他的脑子里浮现出一句话。

恰巧，他怀里有一份十六岁就逝世的少女的遗稿集。近来，他读了少男少女的文章，觉得那才是最快乐的东西。十六岁少女的母亲似乎给死去的女儿化过妆。女儿逝世当天，日记里最后写了这么一句——“她的脸蛋，生平第一次上妆，真像个新娘子。”

雪

近四五年来，每逢元旦傍晚至初三清晨，野田三吉都会躲在东京高台的饭店里，独自一人度过，这已形成了习惯。饭店有名字，很气派，可三吉还是称它“梦幻饭店”。

“家父到梦幻饭店去了。”

对来三吉家拜年的客人，儿女们也是这么应对的。客人们把三吉这种隐匿行踪的行为理解为一种雅趣。

“这是在美妙的地方过了个好年啊。”有人这么说道。

不过，三吉的家人并不知道三吉如何在梦幻饭店里遨游幻境。

饭店的房间，每年都是固定的。房间名为“雪之间”。其实，只是把饭店的第几号房称作“雪之间”而已。这是三吉自己起的名字。

一到饭店，三吉就把窗帘拉得严严实实，赶紧往床上一躺，合上双眼，安安静静，如此待上两三个小时。紧张又忙碌的一年所产生的疲累与烦躁，似乎在这样的姿态中获取到了喘息之机。烦躁平静下来了，疲累却一波又一波，反倒传遍了整个身体。对此，三吉心知肚明。莫如说，他正在等待疲惫的尽头。一旦触及疲惫的深渊，头脑就会完全麻木，幻象便开始浮现出来。

双目紧闭，在这片黑暗中，粟粒般的细小光点开始翩翩起舞。光点呈淡金色，晶莹剔透。随着金色的逐渐冷却，光点变成白色微光，一大堆颗粒的移动方向和移动速度步调一致，变成粉雪。看上去，像是远方飘落下来的细小粉末。

“今年正月也下雪了。”

这念头一起，雪便成了三吉之物。雪将按照三吉的愿望飘落。

在三吉眼底，粉雪渐渐来到眼前。雪越下越大，从粉雪变成鹅毛大雪。大片雪花落下，比粉雪飘落得更加缓慢。三吉被万籁俱寂的、安安静静的鹅毛大雪所包围。

睁开眼，也没问题了。

三吉一睁眼，只见室内墙壁上呈现一派雪景。眼底的雪，仅仅是飘落的雪片，墙上所看到的，却是雪片下落的景致。

飘落着鹅毛大雪的旷野上，只有五六棵光秃秃的树木站在那里。雪越积越多。没有土地，也没有草。没有房子，也没有人。景色寂寥，可三吉躺在室内二十三四度的暖融融的床上，感觉不到雪原的寒冷。室内有的，只是这片雪景，三吉本人则消失了。

“上哪儿去呢？会喊出谁来呢？”心里这么寻思着。但这念头不出自自己，而是遂了雪的心意。

除了下雪以外，原野上没有任何活物。不久后，原野自然流逝，幻化成山间景象。一侧山峰巍峨耸立，溪流沿山脚而行。涓涓溪流看似在雪地上静止不动，实则不泛涟漪地在流淌。证据就是，从岸上落下的一团雪漂浮在水面上，能够随波逐流。这团雪被岸边伸出的岩石吸过去，停在那里不动了。过了一会儿，消融在流水中。

这是一块巨大的紫色水晶岩。

三吉的父亲出现在水晶岩上。父亲抱着三四岁的小三吉，站在岩石上。

“爸爸，多危险呀！站在这崎岖又尖利的岩石上，脚底很痛吧？”五十四岁的三吉躺在床上，对雪景中的父亲说。

岩石表面布满如水晶般锐利的尖刺，看起来非常扎脚。听三吉这么一说，父亲挪动了一下脚，试图站稳脚跟。岩石上的雪崩落，掉在溪流里。父亲或许是在害怕，他紧紧抱住三吉。

“这样的大雪，也没能把涓涓溪流掩埋住，真不可思议。”父亲说。

父亲的肩上、头上，还有抱着三吉的那双胳膊上，都落了积雪。

墙上的雪景在移动，它在沿小溪逆流而上。湖水上的视野很开阔。尽管这是深山中的一泓小湖，不过，作为涓涓溪流的源头，它还是很大的。洁白的鹅毛大雪从此岸逐渐飘向遥远的彼方，仿佛带上了一抹灰。浓云低垂，云层很厚。对岸的山峦影影绰绰。

纷纷扬扬的鹅毛大雪飘落在水面上，又消逝了。三吉凝望了一会儿这番景象，忽然看见对岸山上有东西在动。那东西掠过灰色的天空，朝这边飞来。原来是成群的飞鸟。它们有着雪一般的宽大翅膀。雪似乎变成了鸟儿们的翅膀，即使在三吉眼前翩然飞舞，也听不见振翅的声音。是悠然展翅却不振翅高飞吗？还是纷飞的白雪正托举着鸟儿翱翔？

三吉想数一数鸟有几只。像七只，也像十一只。他数迷糊了，不过，倒也是一种乐趣。

“是什么鸟？有几只？”

“不是鸟。你没看见端坐在翅膀上的东西吗？”雪鸟答道。

“啊，我明白了。”三吉说。

原来是曾经爱过三吉的姑娘们在大雪中驾着鸟儿飞来了。

该从哪位姑娘开始聊起呢?

在梦幻般的雪景中，三吉能够自由地呼唤出过去曾经爱过自己的人们。从元旦傍晚至初三清晨，三吉在梦幻饭店的“雪之间”里，把窗帘拉得严严实实，吃食也让人送到房间里，他始终躺在床上，同这些人在梦中相会。

春景

一

天气晴朗，风却把竹林吹拂得摇曳不止，破坏了他要描绘的景色。

然而，他把绘画工具箱合上之后，还是不想去移动那副三脚架。这座红漆剥落的桥架设在溪流上。等待往山谷来的人，这座桥是绝佳的守候地点。

尽管竹林在摇曳，杉林却一片平静。晨曦早早造访竹丛，先一步拜访杉林的，却是黄昏。眼下，正值白昼。白天是属于竹林的。竹叶宛如数不清的蜻蜓翅膀，与阳光快乐地嬉戏玩乐。

此时有风，也有阳光。

竹叶与冬日阳光共舞，跳出古典式的细致舞蹈，他凝神注视着这一场景，想画的风景被破坏后生出的那股子怒气，他已忘得一干二净。倾泻在竹叶上的阳光像透明的鱼儿一样，哗啦哗啦，在他心里游弋。

一来到这个峡谷，他马上发现，稀稀落落的竹林是此地景致的特色。

始终稀疏的竹林装点着峡谷，为之增添感情色彩。

他看惯了京都近郊的“千里竹林”，并不觉得竹林有多稀罕。但是，这座山上生长的是瘦竹，是稀疏的竹林。并且，大部分都挺立在山的岬角上。如果把山谷当作海港，那么，竹林就相当于岬角的尖端。想到这里，他隐约感受到摇曳的竹叶散发出潮水般的气味。

竹林就是这座山的柔软触角。它像染房有所偏爱一样，晕染了整座山。

“姐姐——这不是姐姐吗！”一个城市装扮的女子沿着溪流旁的石子路走下来，他用明快的声音和她打招呼，“原来是千代子的姐姐啊。”

她稍稍驻足，耸了耸肩膀，马上郑重其事地躬身，正要与他寒暄，他倒笑了起来，冒失地靠过去，按照西洋礼节，同她握手。

“我想，你一定会经过这座桥。想下到温泉旅店，只有这条路。”

姐姐——这一词语脱口而出。同她，是初次见面。并且，要和千代子结婚这事，他不但没有征求她双亲和姐姐的同意，甚至连告诉都没告诉一声。然而，他却冒失地接近千代子的姐姐。

“请等我一下。”

说着，他折回桥上，取回冷清地搁置在那里的三脚架。他把三脚架夹在腋下，画布耷拉下来。工具箱此前一直挎在肩上。

“这地方，还真是风景如画呢。在风景如画的地方画画，这就是你的工作，真是天堂呀！”姐夫用平庸的目光来回扫视山、他与画布。

“我喜欢这里的色彩。提到‘冬日草木凋零’一词，到处都是肤浅矫饰的景象，令人扫兴。这儿的景色却很古雅，感觉很好。我感觉，就是在日本境内，这里的景致，或许也算少见的。”

他边走边折了一枝梅花。

枝头上，六朵梅花齐齐盛开，他用指尖不停转动着花瓣。一停止转动，梅花的雄蕊不禁使他愕然。有生以来，他第一次看清梅花的雄蕊。

一根根雄蕊弓着身子，犹如白金制作的弓，小小的花粉柱头向雌蕊扬去。

他把花枝举起，透过花朵眺望蔚蓝的天空。弓形雄蕊好似一轮新月，向着蓝天射出弓箭。

他无端地联想起浅草团十郎的铜像。也许是美的紧张和丑的紧张形成了对比关系吧。

看过这幅梅花图后，他顿时豁然开朗。

一个盲人按摩师与三人擦肩而过，他们一起回过头。

盲人用手杖顶端点戳地面，歪歪扭扭地走到他们跟前。然而，一踏上桥板，盲人便将手杖架在左肩上，右手扶着栏杆探索着，像走缆车索道一样，滑过桥去。

三人看呆了。随后，高声笑了起来。

二

该歇息了。

星期六的晚上，温泉旅店里十分拥挤，姐姐姐夫订不到房间。就算将桌子和长火盆搬到走廊上，四叠半的榻榻米，也只够铺两床铺盖。

是女人同女人睡、男人同男人睡，还是夫妻各自睡一个铺盖呢？

对这铺盖问题，他暗自觉得可笑。看姐妹俩怎样解决这问题吧。

无论是千代子的姐姐和姐夫，他都是初次见面。姐姐姐夫若不同意妹妹这桩婚事，说声“不知道有这回事”也无大碍。

“我先睡啦。”

他第一个钻进右侧的被窝。

姐姐解开腰带，根本不避讳他的目光。她没系伊达窄腰带，松开衣裳下摆，一只手抓住窗棂，另一只手脱掉袜子。接着，她钻进左侧被窝。她当然不会钻到他的被窝里去。

她的脖颈比千代子白皙。她一躺下，簪上的珊瑚珠活像晶莹的水珠。

千代子一声不响，动作僵硬，钻进姐姐的被窝里。睡觉问题就这样解决了。

“抱歉，我躺这儿吧。”

说着，姐夫钻进他的被窝。

他怕碰到男人的皮肤，肩膀紧绷。四个人都不自然地沉默不语。

不久后，姐姐频频拽被子。

“千代子，再挨我近一点嘛。你呀，怪怪的。大概没和谁同睡过吧？”

姐夫高声笑着，说：“冷吗？”

“冷呗。”

“我给你暖暖身子，让千代子跟我换个位置吧。”

随后，姐夫满不在乎地钻进妻子被窝里。

见千代子安然躺在自己的被褥上，他又说："彼此顾彼此的吧。同肌肤冰凉的女人在一起，男人可太失败啦。"

大家都笑了。

千代子咕噜一声咽了一口唾沫，脸埋进枕头，秀发散落在下颌。他轻轻眨了眨眼。

"我真佩服姐夫。"

"不过呢，要是母亲也在，见咱们这些家伙这个场面，也会高兴吧？"

"瞧你，无赖！"姐姐娇媚地喊道。

千代子一下子攥紧他的指尖。

他把灯关掉。千代子将他的胳膊拉过来，垫在自己脑袋下面。

他的脑海中描绘出这样一幅画面：两张并排铺好的被褥上，两姐妹拥抱着彼此。这样的身姿，多么美好啊。

房间很小，昏暗中飘荡着一股湿润的花香，他像植物一样呼吸着。

他羡慕起女子的温柔身躯。他想变成姐姐或妹妹。果真能变的话，不知该有多么新鲜，多么喜悦，或许会全身发颤。

他想起梅花的雄蕊。随后，他又谈起团十郎铜像。

"浅草的观音堂里不是立着一尊团十郎铜像吗。它运足全身力气叉开双腿，做出一种叫‘暂’还是什么的舞台姿势。每次看到它那副模样，我都觉得，它实在太辛苦了。一年到头，总是使劲拗那个劲头，要是真人，大概难以忍受吧。我很同情团十郎。”

四个人都心满意足地笑了。至于他同千代子的婚事，谁也不曾提及。

三

旅店里，一个四岁的小男孩看见一张画着红色汽车的彩图，问千代子：“姐姐，这是月票吧？”

是辆红色车身的公共汽车。姐姐把竹篮抱在膝上，她嗅到新鲜香菇的气味。脸颊到下颏，她的脸部线条非常柔和。

他在后方敲打着塑料窗。

姐姐点点头。与此同时，汽车开动了。

今天，车后吊着一个新轮胎。姐姐冲轮胎上方的塑料窗窗口招了招手。

那扬来扬去的手似乎在说：“我落下的东西？啊，是指千代子吗？”

山葵铺子的姑娘背着一个大背篓，从长满山葵的山间溪流旁归来。

她嘿哟一声，把东西从背上卸下，放在店里的木地板上，将山葵的茎、叶和根都分开，再摊开，像牛棚里的碎秸秆一样。

汽车驶过架在下游的模型般的白色渡桥。流淌过去的红色，给人一种沿着街道伸向远方的开阔山峡被其吞噬了的观感。

“我不喜欢红色。不过，远远望去，有时也挺美的。”

“姐姐，你经常穿红衣裳呢。”

“来的好，去的也好。咱们坐马车去。”

“坐马车去哪儿？”

“哪儿都行。”

驿站坐落在村子的尽头。

屋檐下挂着小鸟笼里，似是昨日刚刚捕获的两只绣眼儿张开翅膀，正扑腾着。

“喂，咱们买只绣眼儿吧。”

“要是看见马，也……”

于是，千代子模仿他的口吻，说：“喂，咱们买匹马儿吧。”

红梅枝吊着的笼子里，绣眼儿正啁啾独鸣。

“是只雄鸟。”

“能认得出？”

“当然能喽。小时候，在乡下的大山里，我听过各种鸟叫，雄的雌的，都记住了。”

家乡的山——然而，近来，他的绘画欲望中充满无关的幻影。与其在梦幻中描绘家乡的山，他更想把眼前的马粪画下来。

庭院里，空马车卸下车辕，颓唐地撂在那里。

今天也起风了，梅的红色花瓣悠悠飘落，撒在马厩里。他瞧了瞧马槽，花瓣自然也漂浮在了这上面。

透过马厩，可以看见后方那片草木凋零的原野。原野一望无际。他跳下马车，点燃一片芒草。这是野火。火焰哔哔剥剥，如蒸腾的热气般飘忽不定，不过，它留下了黑色的印记，扩散开去。

“柳绿花红，柳绿花红。”

这是当世的口头禅。因此，千代子马上接口说道：“柳未必绿，花未必红，当心，当心。”

不知什么时候扔下的火柴盒，在脚下着了火。

四

突然，大象和骆驼从村里的街道上走了过来。

千代子在山茶林里折了一枝山茶花，刚走到街上，这庞然大物忽然出现在眼前。

“哎哟！”她紧紧揪住他的袖子，一个转身，躲在了他的身后，仿佛要把他推回山茶林似的。

大象用尾巴画着圈儿。这尾巴，酷似驯马师的皮鞭。

骆驼活像上古时代的武将，走两三步，就抬一抬头。

大象像腼腆的农村姑娘一样，前腿保守地并拢在一起，叉开后腿撒尿，那姿势，跟鸟居似的。

“啊！”

千代子把脸埋在他肩上。这是一只大公象。孩子们各自叫喊着，退到路边。

“哎，看呀，那山茶花。”

红色的山茶花漂浮在尿上。那是千代子方才受惊时掉落的花朵。她蓦地抿紧双唇，稍稍吊起眼角，一本正经地凝望着那朵山茶花船。

他想，既然如此，干脆去骑骆驼吧。骑在两个驼峰之间，有种莫名的情色意味。

“像上古时代的旅人。”

“大象和骆驼的脚步，给人一种穿着各式旧草鞋行走的印象。”

“骆驼也好大象也罢，跑起来都比马快，真叫人难以置信。”

“唔，那是因为你瞧见的是它快跑的时候。这么一看，可不就觉得它跑得快吗？这些家伙像史前世界的遗物似的，在古人眼里，说不定看到过它们飞速奔跑的姿势。就说人类吧，如今，不也是一副‘我们比骆驼跑得快’的架势吗？”

“就像那只猿猴，对吧？”

一只小猴得意扬扬地盘腿坐在大象背上。它十分乖巧，一动不动，活像一个叫人厌烦的满脸皱纹的老太婆。

“这么一来，就是释迦牟尼，也可以放心到极乐世界去喽。”

“为什么这么说？释迦牟尼不是极乐世界的主人吗？”

“据说，释迦牟尼曾这样说过，‘鸟与枭共栖一树亲如骨肉时，我才入涅槃。蛇、鼠与狼同住一穴情同手足时，我才求圆寂’。如今，象与猴是就是如此融洽呀。”

“象与猴原先并不和睦吗？”

“谁知道呢。”

大象的脊背充满稚气，仿佛一座小丘，着实落落大方又曲线丰盈，不是吗。

“哎，”千代子站在他身后，拽拽他的羽织，“真长啊！”

骆驼伸长脖颈，把嘴伸向荞麦地旁的瑞香花。

“它大概懂得瑞香花的香气。”

瑞香花含苞待放。

总之，本是U字形的脖颈突然伸长，成了一条长长的斜线。这条线特别修长，看上去，忽然变得极为优美。

“那只骆驼一脸大彻大悟的表情，跟圣贤的长者似的。”

“试着用孩童视角看它。”

“山羊叔叔。”

“只有下巴上的胡子像吧。”

此外，跟鹦鹉一样，骆驼头上顶着一撮毛，像理了个平头似的。

大象的鼻子像尺蠖似的一伸一缩，有时，又像绦虫一样一卷一张。那鼻子，跟动物学课本里的绦虫的头部很类似。鼻子向上一卷，就能看见魁蛤一样的嘴。它的嘴唇不停嚅动，仿佛平稳的海面在舔舐光滑的岩石，又像蜗牛在吸吮着什么。

骆驼的嘴才吃青草。

“大象的眼睛叫人讨厌。骆驼的眼神可比大象温和多了，看起来老实巴交的。大象的眼睛怪阴险的。”

大象的耳朵像涂了柿漆的茶色团扇，团扇扇动着，可脸颊并不凉快。那双似乎没有骨头的腿上，仿佛穿了一条又肥又大的旧裤子。

“这大概是个流动动物园？”

“可能是吧。”

“肯定是个马戏团。”

不知不觉间，他和千代子跟随着孩子们及村里人，大家一起陪着大象在大街上溜达。

一只小狗满脸稚气，抬头瞅着大象，蹦蹦跳跳地跟了上来。

“大概是去港口吧。它们没法坐拉货的汽车，这才步行前往。”

大象伸长鼻子，把裹着木炭的稻草袋子从炭铺的屋檐上扒拉下来，接着，不费吹灰之力，就把路旁的合欢树拔掉了。

“哎哟，它不是要吃，而是在找乐子呀。”

南面都是山，离山岭还有三里半。想走到港口城市，得走十一里路。山岭上的峡谷里，雪已完全消融。树林里的鹿，或许正在偷偷窥视这些翻山越岭的大块头。

大象像背着睡神行走。那松软的像口袋一样的臀部正耷拉着，映着竹林洒下的光斑，摇摇晃晃地向前走着。

“它们什么时候回来呢。回程也得走这条路吧？”

千代子这语调，像在谈论亲人一般。

五

千代子拎着绘画工具箱和瓶子，跟随他来到涂着红漆的桥上。

瓶子是甜味汽水瓶，在旅店里要来的，洗画笔用。千代子把绑头用的黑色发绳系在瓶口。

颜料把水弄浑浊时，她就拎着瓶子到溪边换水。她朝对岸的山茶花扔小石子儿，花儿没掉落。

在一片深褐色的昏暗中，松林隐隐透出一丝光亮。

“我希望，杉树花粉像沙尘般飘散时这幅画能够完成。”

“呀，你可真悠闲。那时，景色就全变了，不要紧吗？”

“颜料有的是嘛。”

他的确姿态悠然，正凝望眼前的景色。

杉树一如平日，高耸入云。可是，他并不喜欢那样的高度。高耸的忧郁情调不合他此时此刻的心意。因此，他这张风景画，写实的手法恐将因杉林一角这开端而遭到瓦解。

他打算把杉林画成问荆草丛一样低矮，想把它画得明亮些，可又觉得这样不行。

他发现，逆着阳光看竹林，感觉很美；顺着阳光看，平淡无奇。

竹叶与阳光共舞，跳出古典式的细致舞蹈。若不逆光观察，就看不清这景象。

果然，不一片片勾勒出竹叶的形态，就描绘不出它的美。

然而，从这美妙的日光涟漪中，回想起来的，不是日本画里的竹，而是印象派油画中的青翠树林和平静的海面。是一幅洒满点点光斑的林子和海面的画。

不，比起油画，更易联想到音乐，联想到日本的乐器——琴与尺八。

“嗨，尺八不就是竹子做的吗？没意思。”

他笑个不停。

竹叶间的光斑星星点点翩翩起舞时，逆光看去，果真意象美妙。日光稀薄，穿透竹叶，这番景象，使人心生眷恋。

可是，他的风景画，必须抵御因偏爱而晕染整座山谷的染房所带来的影响。竹林幽静且明朗，且并未稚气到充满天真，比松林难画得多。

梅树自桥旁露头，向溪流探出身去，展现在他的眼前。

它像玻璃窗的窗棂一般支配着这幅画面。为了把他紧紧束缚在写实的范畴之内，它担任着风景测量器的角色。

梅树枝头，花朵盛开。

然而，在他的素描画作中，花儿被抹杀了。梅树在他的风景画里是近景，只会令人感到这近景大得像个怪物。

作为创作风景画的画家，他对这样的梅树并不感到稀奇。离眼睛太近的东西，总会变成大怪物。

他不看近处的梅，却观赏远处的竹林和杉林。在他眼里，梅花花似轻烟，很快就会消散。

或许是梅花的雄蕊曾经令他惊愕，他突然若有所思。

“它会消散并去往何方呢？”

梅花如轻烟一般，莫非渗入了他内心深处？

若果真如此，正在描绘竹林与杉林一景的，岂非不是他，而是梅树？因此，这幅画，与其称之为《竹林与杉林一景》，不如叫《梅树》更为确切。

“哎，任何一个人看了我这张画，大概都不会想到，这样的风景中竟有大象和骆驼经过，对吧。”

“附个说明书就好了。”

“《象·骆驼·探梅图》，以此为题，一看就明白啦。”

他随意躺倒在草原上。

“瞎起名。这是一张不折不扣的写实画啊！喂，回东京后，咱们就办婚礼吧。”

“办婚礼，简直像为了解闷似的。”

“我想画一张人体画。”

千代子不是女模特儿。但是，有时候，在他的画室里，她居然找不到自己的腰带。她只好穿着单衣，拿他的兵儿带缠在腰间，到大街上的蔬菜商店里去买萝卜。想描绘的，是那样的千代子。

六

千代子用力推开大玻璃门，赤脚跨过溪流旁的澡堂子里的门槛。

“玻璃看着像擦过，明晃晃的。”

“没擦呀。”说着，她从和服袖子里拿出一把新牙刷。

“旧的扔掉算了！”

他在澡堂走廊上大声嚷嚷。

“哎哟，这人真是，一副娘娘腔。”

话音刚落，飘来一股木头味。那是上游木材厂里的木屑散发出来的。

“真讨厌，你错拿了我的手巾啦！”

脱衣室里再次响起千代子那尖厉的语声。

她大概不想拿他的手巾擦拭自己的肌肤，便把它展开，像一面旗一样，遮住自己的身子，从石阶上一步步走下来。今早，成子苹果形状的洁白乳房上，不是沾染了些许色彩吗。

他“咦”了一声，望着溪流旁的小石滩，说：“好家伙，春天来了。”

“是啊。”她也望着窗外。

“我可是老老实实地把新牙刷买来了，算得上好媳妇吧。”

他掌心对掌心，毫不避讳地玩起水枪。

温泉的气味很浓重，似乎还夹杂着岩石的气味。

到溪边钓山女鳟的人一天比一天多。

千代子听说过“三月咬穗垂”这句话。意思是，只要穿着下摆破烂的和服站在溪流中，山女鳟便会咬住穗垂（破布下摆）。春天里，竟能钓到如此多的山女鳟。

千代子也跟着旅店掌柜的垂钓去了。之后，把带着红紫黄斑点的、颜色鲜艳夺目的鱼排列在一起，给他看。

“比你的调色板漂亮多了。”

村子的空地上搭了一间临时小屋，上演女歌舞伎。

“我邀请了京都的朋友，一起去吧。”

“京都的朋友？”

“他们今天到。”

她的京都朋友是一对年轻夫妻。

妻子的皮肤温润光洁，肌理细腻，仿佛会渗出雾一般的芬芳汗珠。

舞台上，穿红色和服的女子小便失禁，把舞台染红了。

从那片红中，一股热气似乎正向上蒸腾。

走出小屋后，千代子飞速握住他的手，轻声说：“很湿，对不对。那位太太把丈夫的外套袖管盖在火盆上烘，她则紧紧握住我的手。打进小屋起，直到刚才，一直抓着我不放。刚见面就这样对待我，真怪呀。”

“有什么可怪的。你不是挺高兴的吗？”

杂技团来演出时，她也把他拉去了。

杂技演员带着猴子和狗。

一个十八九岁的姑娘，长着一副人偶娃娃般的脸，发出人偶娃娃般的声音，让狗倒立着走钢丝。

一个观看表演的老婆婆突然扯开嗓门喊：“行了，看懂了！啊，看见啦！别演啦！多可怜呀，何必让狗也受这份罪呢。”

人偶娃娃般的姑娘一副要哭的模样。

月夜，归途中，河鹿蛙叫个不停。

最近，千代子已学会了用口哨声模仿河鹿蛙的叫声。

他边走边观赏春天的植物。

“跟珊瑚珠发簪一样，把这个也插在发髻上试试。”他将带果实的桃叶珊瑚递给千代子。

冬日里，不知多少次，他伸手将如此鲜艳的红色果实摘了下来。

在结香绽出黄色花蕾的时节，为了让她看没有叶子的灌木，他特地领她去山路上行走。

“这种花，从结蕾到开花，需要一个月。天冷了，树秃了，才开花。可真有耐性啊。”

马醉木的花穗像小粒白贝。

“你来捏捏看。软得像团棉花，很叫人吃惊的。”

姿态腼腆的花丛真是好。可是，木兰、彼岸樱、紫云英这类姿态招摇的花朵一旦盛开，就像大都会似的，使人眼花缭乱。他想去深山中的石壁上寻觅款冬花朵。

树木的嫩芽也是如此。枫叶的红与光叶石楠嫩芽的红、柿树嫩芽的绿，对他来说，这些颜色像初生婴儿新浴刚毕，是一个奇迹。五天当中总有一天，山间的树木一旦构成五颜六色的喷泉或阳伞，他就不再赏景了。

每当此时，他总是茫然地凝视着房间里的窗户。黑松的嫩芽像支铅笔。罗汉松的嫩芽像飞着个蜻蜓翅膀。

某天，以为空中满是白色飞虫，原来，那是绵绵春雨。他折回来取雨伞。不，其实，他是来叫千代子的。

“喂，去看竹林吧。”

被蒙蒙细雨打湿了竹林宛如一片绿色的羊群，长着柔软的毛的羊群。羊们正低着脑袋，一片宁静，安然入睡。

“这份静谧，多么优美啊。”

他轻轻将手搭在千代子的肩上。

旁边的水田里，刚从泥土里钻出的三四十只青蛙浑身沾满泥浆，正在不合季节地叫个不停。

喜鹊

一位老朋友，一位油画家，带着两幅雪景图来找我。我们坐在客厅里，边赏画边闲聊。忽然，友人站起身，走到廊桥上，从那里眺望庭院，说："喜鹊飞来了。"

"喜鹊？"我重复了一遍，"那些鸟是喜鹊？"

"是喜鹊。"

"哦？镰仓也有喜鹊？"我难以置信。

友人是风景画家，经常到山野中旅行，进行写生，对鸟类了如指掌，因此，应该是喜鹊吧。不过，真没想到，飞到庭院里来的，会是喜鹊。

不只是"没有想到"这么简单。一提起喜鹊，就会联想起许多日本古诗词里吟诵的喜鹊。也有"喜鹊架桥"的传说。七夕之夜，成群的喜鹊翅膀搭翅膀，搭起鹊桥，让牛郎和织女在银河上相会。

就是那样的喜鹊，几乎每天都飞到庭院里来。从友人嘴里听说那是喜鹊，已是阳历七夕后又过了五六天。

就算友人认错了，那些不是喜鹊，客人来时，我也会说句“喜鹊飞到庭院里来啦”，让他们看这些鸟儿。

然而，友人说“是喜鹊”。他站在廊道上观看时，我依然坐在客厅里，说：“估计有六七只，要么，就是十来只，经常飞到庭院里来。”

我不想站起来与朋友一起观鸟。因为这些鸟很常见，是眼睛里的常客。与其走到廊道上去观鸟，不如琢磨琢磨这些鸟儿的名字。一听到“喜鹊”二字，这鸟儿便牵动起我的感情。知道它叫“喜鹊”的当下和知道之前，对这种鸟儿，感情上已截然不同。虽然各种事物的名称当中能够起到这类作用的词儿很不少，但是，日本古诗词中的“喜鹊”二字在我脑海里浮现时，我仿佛听见了一道亲切的流水声。

由于经常在庭院里常看见这些鸟，我对它们有种亲切感。

“这鸟叫什么名字？”从前，我常常询问家里人，“像长尾巴灰喜鹊，可要真是它，个头也太大了。这叫什么鸟呢？”

我不知道那些鸟儿的名字，只希望它们每天都飞到庭院里来，希望它们明年、后年……年年都飞来。这些鸟十来只成一群，成群飞来，自庭院树木上飞落在草坪上，四处觅食。我想撒些饵，却不知道它们爱吃什么。

我家坐落在镰仓大佛附近，背靠小山，山里还是山，因此，会有鸟群飞来。随着季节转换，一群群小鸟你来我往，也有些鸟儿长年栖息在我家的后山里。除麻雀之外，还有黑鸢、黄莺、红角鸮等鸟儿来到。凭着叫声，可以轻易辨别出谁是谁。我喜欢听鸟儿啼鸣。随着季节的转换，有时能听见黄莺叫，有时能听见红角鸮叫。

“啊，今年也活着呢。”听到它们鸣叫，我就很高兴。在这里住了二十年，跟鸟群，也打了二十年的交道。我以为二十年前的鸟儿会一直活到今天。我从未考虑过鸟儿的寿命问题。有一次，我忽然察觉到自己过于粗心大意。

“黄莺大概能活几年？黑鸢呢？”我问家里人，“我以为每年飞来的都是同一只黄莺同一只鸢，可是，事实上，从二十年前算起，不知它们已繁衍到第几代了。”

报春的黄莺携雏鸟的叽喳声每天反复练习，终于唱出了黄莺之歌。每年都能听到它唱。但我不知道，那是去年的黄莺忘了歌唱如今在重新练习呢，还是今年出生的黄莺开始练唱了？

二十年间，我家后山的鸟儿生生死死，周而复始，不知已繁衍到第几代。它们飞到庭院的树上歌唱，夜晚降临时也唱，还飞到屋顶上，边歌边舞。我竟把它们看作活了二十年的同一只鸟儿，我这是怎么了？

自从友人告知我这些鸟叫什么之后，经常在庭院里打照面的鸟儿便牵动起我的感情。一想起“喜鹊”二字，就深深感受到，那是不知经历了多少代古人的蕴含在古诗词中的心意啊！

喜鹊的叫声并不悦耳，身形纤细，动作也不稳重嘛！我无法把它们同歌颂喜鹊的古诗词和“喜鹊架桥”的传说联系起来。可是，就算联系不起来，我就再也看不到飞进庭院里来的鸟群了吗？

飞进我家庭院的鸟群不可能知晓远古时代就有人给自己起了“喜鹊”这名字，也不知道自己会被诗词所吟诵。它们是活生生的生命。

说这些鸟儿叫“喜鹊”的友人，生于九州。

石榴

刮了一夜寒风，石榴树的叶子全落光了。

石榴树下残留着一圈泥土，叶子散落在泥土周围。

纪美子打开挡雨板，见石榴树光秃秃的，大吃一惊。落叶形成一个漂亮的圆，也令人感到不可思议。通常，叶子会被风吹落，四处飘散。

树梢上结出漂亮的果实。

“妈，石榴结果子啦。”纪美子呼唤母亲。

“真结啦，我都忘了。”

母亲只瞧了一眼，又回厨房去了。

从“忘了”这两个字里，纪美子想起自己家里的寂寞氛围。生活在这里，连廊台尽头结着石榴果这事，也忘得一干二净。

那是半个多月前的事。亲戚家的孩子来玩时，很快就注意到了石榴。七岁的男孩莽撞地爬上石榴树。纪美子觉得他很是生龙活虎，便站在廊台上说："再往上爬，有大个的果子。"

"唔，有是有，但是，摘了它，我就下不来啦。"

的确，两只手都拿着石榴，无法从树上下来。纪美子笑出声。孩子非常可爱。

孩子到来之前，家里人早把石榴给忘了。并且，直到今早，也没想起来。

孩子来时，石榴还藏在叶片里。今早，果实却裸露在半空中。

这些石榴和被落叶围拢成一个圈的泥土一样，都是冷冰冰的。纪美子走到庭院里，用竹竿摘石榴。

石榴熟过了头，被丰满的籽粒胀裂了。放在廊台上，一个个籽粒在阳光下闪闪发光，亮光穿透每一个籽粒。

纪美子觉得，似乎有点对不起石榴。

她上到二楼，麻利地做起针线活儿来。十点时，屋外传来启吉的声音。可能木门是敞着的，他突然绕到庭院，精神抖擞地站在那里，语速很快。

"纪美子，纪美子，阿启来了。"母亲大声喊道。

纪美子连忙把脱了线的针插在针线包上。

"纪美子也说过好多遍，想在你入伍出发前再见你一面。不过，她不好意思主动见你，你又总不来。哎呀，今天总算来了。”母亲说道。

母亲要留启吉吃午饭，可启吉似乎有事要忙。

“真可惜……这是我们家的石榴，尝尝吧。”

于是，母亲又呼喊起纪美子。

纪美子下楼来了。启吉以目光相迎，眼中带着迫不及待的神情，一直望着纪美子。纪美子脚都软了。

启吉忽然流露出温情脉脉的眼神。这时，他“啊”地喊了一声，石榴掉在地上。

两人面面相觑，微微一笑。

意识到彼此正相视而笑时，纪美子脸颊发烫。启吉连忙从廊台上站了起来。

“纪美子，注意身体啊。”

“启吉，你也是……”

话音刚落，启吉便转过身去，同母亲寒暄起来。

启吉走后，纪美子依然望着庭院里的木门，目送了一会儿。

“阿启可真是急性子。多可惜啊，这么好吃的石榴……”说罢，母亲把上半身贴近廊台，伸手把石榴捡起来。

刚才，启吉的眼神变温柔时，他自己没有意识到，他的手动了。他想把石榴掰成两半，这才一不小心，弄掉了石榴。倒是没摔碎，露出籽粒的那面冲下，贴在了地上。

母亲在厨房里把这颗石榴洗净，走出来，叫声“纪美子”，把石榴递给她。

“我不要，太脏了。”

纪美子皱起眉头，后退了一步，脸颊却忽地变得火辣辣的。她惊慌失措，只得老老实实地接过石榴。

启吉好像咬过上半边石榴籽儿。

母亲在场，纪美子如果不吃，更显得不自然。她若无其事地吃了一口。石榴的酸味渗进牙齿。那酸味直入心底，纪美子感受到一种近乎悲哀的喜悦。

对纪美子，母亲向来漠不关心。她已经站起身来。

母亲经过梳妆台前，说：“哎哟，瞧这头发，乱得不成样子。带着这副模样目送阿启，太不好意思了。”

说罢，她在梳妆台前坐下。

纪美子一动不动，倾听梳子梳头的声音。

“你父亲死后，有一段时间……”母亲慢条斯理地说，“我害怕梳头。一梳头，就开始发愣。有时，忽然觉得，你父亲好像依然在等着我梳完头。清醒过来时，有时会吓自己一跳。”

纪美子想起来了，母亲经常吃父亲剩下的东西。

心头涌上一股说不出的难受。那是一种催人落泪的幸福。

母亲只是觉得可惜。刚才，或许仅仅因为可惜，她才把石榴给了纪美子。或许，母亲过惯了这样的生活，习以为常，顺手的事。

纪美子觉得很对不起母亲。她觉得自己发现了一个秘密，一个带着喜悦的秘密。

然而，启吉并不知道这些。对这种分别方式，纪美子似乎也感到满意。此外，她觉得，自己会永远等待着启吉。

她偷偷望了望母亲，阳光照射在隔开梳妆台的纸拉门上。

对纪美子而言，再去吃放在膝上的石榴，就太可怕了。

拾骨

山谷里有两个池子。

下面的池子闪着银光，像蓄了满满一池熔化了的银水；上面的池子碧绿幽深，仿佛一谭悄悄溺死山影的死水。

脸上黏糊糊的。回头一看，被我踩出一条路的草丛和矮竹上有血滴滴落。一滴滴血，仿佛在跃动。

此外，鼻血微温，一波接一波地涌出来。

我赶紧用腰上的三尺带堵住鼻孔，仰面朝天，躺了下来。

阳光并未直射，但接受日光照射的绿叶背面很刺眼。

血被堵住，淤在鼻孔里，正在倒流，令人不快。一呼吸，就觉得痒痒。

油蝉叫个不停，满山都是。蝉像受惊似的集体鸣叫，“知了——知了——”

七月，未过晌午，空气中仿佛落下一根绣花针且什么东西即将崩塌。我似乎动弹不得。

我汗出如浆，只管躺着。蝉的喧嚣、绿的压迫、土的热气、心脏的跳动，在我脑海里集中于一个焦点上。刚觉得它们凝聚起来，轰地一下，它们又四散而去。

随后，天空仿佛一下子把我吸了上去。

“少爷，少爷。喂，少爷！”

墓地传来呼唤声，我猛然站起身。

葬礼过后，翌日上午，我来给祖父拾骨。来回翻动尚有余温的骨灰时，鼻血又滴滴答答地流了出来。为了不惊动他人，我用腰带的一端捂住鼻子，离开火葬场，爬上小山。

听到呼声，我跑下山去。闪着银光的池子歪歪斜斜地摇曳着，消失了。去年的枯叶很滑。

“少爷，你可真是个乐天派。上哪儿去了？刚才，我把你家祖父的骨灰都拾好了，瞅瞅吧。”一个常出入我家的老婆婆说。

丛丛矮竹被我踩得沙沙作响。

“是吗。在哪儿？”

我边挂心大量流鼻血后的难看脸色和黏糊糊的腰带边走到老婆婆身边。

她的掌心像揉得皱巴巴的柿漆纸一样，掌心里有张白纸，白纸上盛着一寸长短的石灰质，几个人的目光都集中在上面。

像喉结。强迫自己这么一想，觉得它似乎变成了人形。

“好不容易才找到的。唉，祖父也就是这么模样啦。装进骨灰盒里吧。”

多么乏味的事啊——果然，祖父已不可能带着满眼的喜色来到门口迎接我回家。一个未曾谋面的、我该叫阿姨的中年女人身穿黑缩缅衣裳站在那里，真是不可思议。

身旁的骨灰盒里，脚、手、脖颈的遗骨杂乱无章，塞了满满一盒。

火葬场没有围墙，也没有顶棚，只是个挖开细长洞穴。

烧起来的灰很热。

“走，去墓地吧。这里臭得很，难闻，日光是黄色的。”我说。

我头昏脑涨，担心鼻血又会流出来。

回头一看，一个经常出入我家的汉子抱着骨灰盒走过来。火葬场剩下的灰和参加葬礼的来宾昨日上香后跪拜逝者时所用之草席原封不动地摆在那里。裹着银纸的竹子也是，原封不动地立在那里。

据说，昨晚守灵时，祖父变成一簇蓝色鬼火，从神社的屋顶飞起，飞过传染病隔离医院的病房，村庄上空飘荡着一股令人讨厌的臭味。往墓地走时，我想起这样的传闻。

我家的墓地不在村里的坟场里，而是在另一个地方。火葬场在村里的坟场里，建在一个角落。

我来到墓碑林立的家族墓地。

我已经无所谓了。真想随便往地上一躺，大口呼吸蓝天下的新鲜空气。

经常出入我家的老婆婆从山涧里取来水，把大大的铜水壶放在地上，说："老爷有遗言，要找最老的祖先，把他埋在那个墓碑下头。"

说遗言时，她非常认真。

老婆婆的两个儿子像是要抢在其他常出入家的村里人前面，先将最高处的旧墓碑弄倒，翻开下面的泥土。

坑挖得极深。骨灰盒深深落下，带着响声。

人死后，就算将那样的石灰质埋入祖先的遗址里，毕竟"人死一切成空"。死人将在遗忘中永生。

墓碑照原样竖起。

"来，少爷，告别吧！"

老婆婆对着小小的墓碑哗哗浇水。

线香带出轻烟，在强烈的日光下，烟却没有影子。花儿枯萎了。

大家闭目合掌，拜祭逝者。

望着人们这一张张黄色的脸，我又浮想联翩。

祖父的生，即死。

我像上了发条似的，用力挥动右手，遗骨哗啦呼啦直响。我端着一个方方的小骨灰盒。

归途中，村里人纷纷谈论祖父，“老爷真可怜”“真是个顾家的老爷”“村里人不会忘记他”。希望他们闭嘴。难过的，恐怕只有我吧。

家里那帮活人对我表示同情，“失去祖父后孤身一人，如何是好？”这令人感到，同情中亦夹杂着好奇心。

吧嗒，桃子从树上掉落下来，滚到我的脚边。从墓地走回家时，我们绕着桃山山麓走。

后记：

这篇作品是十八岁时（大正五年）写的，写虚岁十六那年发生过的事。现将文章稍作修改，抄写出来。我对自己五十一岁时抄写十八岁时的作品多少有点兴趣。光是“还活着”这一件事，就挺有意思的了。

祖父于五月二十四日辞世，“拾骨”却在七月进行。看来，在这样的地方做过润色。

新潮社发行的《文章日记》里有所记述，但是，其中一张原稿破损了。在“烧起来的灰很热”和“走，去墓地吧”之间还有两页日记，遗漏了。带着这样的遗漏，我抄写了一遍。

写这篇《拾骨》之前，还写了一篇《去往故乡》。我把祖父所在的村庄唤作“你”，使用从中学生宿舍寄出的书信体来写，只是一种幼稚的感伤。

连接《去往故乡》与《拾骨》的部分，摘抄如下：

……分明曾向你那样坚决地宣誓过，前些日子，在叔叔家，我竟同意把房产变卖掉。

还有，最近，你大概也看见了吧，我把仓库里那些长方形大木箱和衣柜都交到商人手里了。

离开你以后，我家就变成了贫穷的外乡人住宿的旅舍。听说，旅舍老板娘患了风湿作古后，这里就成了关押邻居家的疯子的牢房。

不知什么时候，仓库里的东西被盗了。墓山周围，土地逐渐被瓜分，划入相邻的桃山领地。祖父的三周年忌辰即将临近，可是，佛坛上的牌位或许已被耗子的小便弄倒了吧。

布袜

姐姐分明那样温柔，这样的人，为什么会是那样一副死相？我不明白。

黄昏时分，她不省人事，身体后仰，手紧握成拳头，激烈地颤抖着。抖动一停，枕上的脑袋便向左侧一歪。这时，一条白色蛔虫从她那半张着的嘴里慢悠悠地爬了出来。

这条蛔虫意外的白。此后，这种白时不时鲜明地浮现在我脑海里。每逢此时，我准会联想起白色布袜。

家里人将各式各样的东西塞进姐姐的棺木，我说："妈妈，布袜呢？把布袜也放进去吧。"

"对对，这孩子的脚很干净，我就把布袜给忘了。"

“拿九文[1]长的那双，别错拿成您的或我的啊。”我提醒她。

我提起布袜，固然是因为姐姐的脚小巧玲珑，样子很美，同时，还有一段关于布袜的回忆。

那是我十二岁那年十二月的事。附近的镇上举办过一次宣传“勇”牌布袜的电影大会。神气活现地竖着红色幡旗的巡回乐队也巡回到我们村子里来了。乐队散发的传单中夹有入场券，因此，这个村里的孩子们也跟着乐队走，到处捡传单。其实，入场券就是贴在布袜上的商标，二者搭配着来。那时，除了庙会和盂兰盆节之外，村里人几乎没机会看电影，所以，布袜相当畅销。

我也捡了一些画有游侠形象的传单，傍晚一到，早早地到镇上戏院去排队，生怕看不成电影。

“搞什么，你这不是广告传单吗？”在戏院门口，我遭到人家的嘲笑。我垂头丧气地走回家，不知为什么，我没有进屋，直挺挺地站在井边，满肚子落寞。这时，姐姐拎着水桶走出来，一只手搭在我肩上，问，“怎么啦？”我立即用手捂住脸。姐姐放下水桶，回屋拿了钱出来。

“快去吧！”

走到路口拐角处，一回头，只见姐姐正站在那里目送着我。

---

① 日式布袜的长度单位。1 文≈ 2.4cm。

我一溜烟似的跑了。

在镇上的布袜店里，人家问我："你要几文长的？"

我不知该如何回答。

"这样吧，把你穿着的脱下来，给我看看。"

布袜的别扣旁写着"九文"两个字。

回到家里，我把买来的布袜交给姐姐。姐姐也穿九文长的布袜。

此后，过了两年，我们举家移居朝鲜，住在京城。在女校上三年级时，由于同三桥老师关系过于亲密，家里人也提醒过我，禁止我去拜访老师。老师感冒，久病不愈，期末考试也没能照常进行。

圣诞节前夕，我跟母亲到镇上逛街。我打算买件礼物送给老师，就买了一顶鲜红的缎子礼帽。帽子的丝带上插着带深绿色柊树叶的红果实。我还买了锡纸包装的巧克力。

我们走进大街上一家书店里，遇见了姐姐。

我把装着礼帽的袋子给她看，说："你猜，里头是什么？这是送给三桥老师的礼物。"

"等等，唯独这件事，可不能干啊！"姐姐压低嗓门，像在责备我，"你在学校，都被批评成那样了呀。"

我的幸福感消失了。彼时，我第一次感到姐姐与我是毫不相干的其他人。

就这样，圣诞节过去了，红色礼帽依然放在我的书桌上。可是，岁末那天，三十日晚上，那顶红色礼帽消失了。我再次感到，幸福的影子也消失了。“帽子为什么没了”之类的话，我一句也没跟姐姐提过。

翌日，除夕之夜，姐姐邀我外出散步。

“我把巧克力供奉在三桥老师的灵前了。它就像白色花影中的红色宝珠，美极了。我求了人家，把它放进棺木里啦。”

我不知道三桥老师已经与世长辞。把红色礼帽放在书桌上之后，我再没有走出过家门。老师去世，家里人是有意瞒着我的。

往棺木里放东西这件事，我做过两次，一次放红色礼帽，一次放白色布袜。据说，三桥老师躺在廉价公寓里，躺在薄薄的棉被上，喉咙里直响，眼珠子几乎蹦出来，是痛死的。

活着的我如此寻思：这红色礼帽和白色布袜，到底代表什么呢？

遗容事件

“请看，成了这副模样。她多么想再见你一面啊！”

岳母急匆匆地把他带到这间屋子里来，说道。死人枕边的人们齐刷刷地看着他。

“请见一见她。”岳母又说了一遍，准备掀开覆在他妻子脸上的白布。

这时，某句话脱口而出。连他自己，都对那内容感到意外。

“请等一等！能不能让我单独见她？让我一个人留在这间屋子里，可以吗？”

这句话，感动了妻子娘家的骨肉至亲们。他们悄悄拉上隔扇，离开了。

他掀开白布。

妻子带着痛苦的表情，遗容僵硬。已然变色的牙齿裸露在骤然消瘦的脸颊间。干巴巴的眼睑紧贴在眼珠上。额头上，暴露在外的神经将痛苦冻结在那里。

他纹丝不动，跪坐了好一会儿，俯视着这张丑陋的遗容。

接着，他用颤抖的双手捏住妻子的嘴唇，想让她的嘴唇合上。一撒开手，强行合上的双唇又缓缓张开了。他再次合上她的嘴，她的嘴又再次张开。反复操作几次后，他发现，只有嘴周围的线条变柔和了。

于是，他集中精神，像把热情集中在了自己的指尖。他想缓和遗容带给人的可怕观感，便揉搓起死人的额头。掌心变热了。

经过一番摆弄，遗容焕然一新。他俯视着这张脸，又纹丝不动地跪坐在那儿。

“坐火车来，你辛苦了。先吃点饭，休息休息。”

岳母跟小姨子进了屋。

“啊！”

岳母忽然吧嗒吧嗒掉起眼泪。

“人类的灵魂真是可怕。你出去旅行回不来，这孩子死不瞑目。真是不可思议，一见你，遗容竟变得这样安详！太好了。这孩子总算心满意足了。”

对他那有些癫狂的眼神，小姨子报以超凡脱俗的、美丽又清澈的目光，随后，“哇”的一声哭倒在地。

化妆

我家厕所的窗，与谷中那家殡仪馆里的厕所窗户是相对的。

厕所之间的空地是殡仪馆的垃圾场。葬礼所用之供花和花圈都扔在这儿。

虽说墓地和殡仪馆中的秋虫已叫个不停，时令不过是九月中旬。我说了声“有件事很有意思”，把手搭在妻子和她妹妹的肩膀上，领着她们走到凉飕飕的走廊上。夜已深。走到走廊尽头，打开厕所的门，一股浓烈的菊花香气扑面而来。她们惊叫一声，立即把脸靠到厕所的窗边。窗外，一簇簇白菊正在盛放，约有二十来个白菊花圈并排立在那儿。这是今天的葬礼留下的东西。妻子一边伸手摘菊花一边说，一下子看见这么多菊花，多少年没见过的场面啦。我打开电灯，花圈上的银纸光灿灿的。

工作时，我常来这个厕所，这天晚上，数次闻到菊花的芳香，彻夜的疲劳也在这样的芳香中消散了。不久后，白菊在晨光中更显洁白，银纸熠熠生辉。解手时，我发现一只金丝雀始终停在白菊上，不飞了。大概是昨日放生的鸟太疲惫，忘记飞回鸟巢了吧。

这些景象，或许可以说声美。可是，我不得不天天从厕所的窗户里望见这些送葬的花朵日渐枯萎。刚好是在写这篇文章的三月初，我花了五六天时间，仔细观察某个花圈上绽开的红蔷薇和桔梗怎样随着枯萎日渐变了颜色。

这些是植物的花，还好些，花之外，我不得不透过殡仪馆厕所里的窗户观察人。这里有许多年轻女子。为什么呢？因为男人很少进来，老太婆又不会长时间站在殡仪馆的厕所里照镜子。她们或许已算不得“女子”了吧。然而，年轻女子大多会在镜前站着化妆。身着丧服的女子在殡仪馆的厕所里化妆——一看见她们那浓艳的口红，就会联想到舔舐尸体的血红嘴唇，我不禁毛骨悚然，缩着身子，她们却镇定自若。尽管她们确信谁都不会看见这一幕，身上却表现出背着他人干坏事的罪恶意识。

我并不想看这种奇怪的化妆场面。可是，这两扇窗常年相对，这种令人作呕的、偶然的一致绝不在少数。我赶紧把视线移开。这样，即使从街头或客厅里的妇女们的化妆场面联想到殡仪馆厕所里的女人，那也是种实实在在的幸福。我甚至想写信给我喜欢的女人，告诉她们，就算到谷中的殡仪馆来参加葬礼，也别进厕所，因为我不愿意让她们加入魔女的行列。

可是，昨天……

透过殡仪馆厕所的窗户，我看到一个十七八岁的少女，正用洁白的手绢一刻不停地抹眼泪。不管怎么擦，泪珠还是不断涌出来。她双肩颤抖，正在抽泣。大概是终于被悲痛压垮了吧，她站立着，“咚”的一声靠在厕所的墙壁上。她已经无力擦拭，任凭泪珠滚滚落下。

只有她，不是背着人来化妆的。她一定是背着人来哭泣的。

这扇窗在我的心灵上留下了一股对女人的恶意。然而，通过她，我感到这种恶意被拂去了，擦拭得一干二净。就在此时，我万万没有想到，她竟掏出一面小镜子，对着镜子莞尔一笑，轻快地走出厕所。像被一盆水兜头浇下一般，我惊讶不已，差点高喊出声。

对我来说，那是个谜一般的微笑。

蓝的海黑的海

一 第一封遗书

一艘帆船的船老大在叫。

“喂——”

“喂——”

河面上传来的呼喊声突然将我从睡梦中唤醒，船帆像白色的候鸟群一样，浮现在我眼前。没错，看见白帆的瞬间，我就像任鸟儿飞翔在自己怀抱中的蓝天一样，脑子里一片空白。

“喂——”

“喂——还活着吗？”

在船老大的叫声中，我睁开眼，像刚刚降生到这个世界上一样。

约莫一个月前，我也是被一个女子呼唤着，回到了人世间。那一日，黄昏时分，女子乘坐观光船来到这个海滨。

我丢开盖在脸上的、用削得很薄的木头编织成的草帽，坐起身，把河水浇在被太阳晒黑的肚皮上。那艘一直在等待傍晚起风的帆船，大概是逆流而上吧。波浪粼粼，夕阳正好。

算算时间，瘸腿少女很快就会乘坐玩具小车来沙滩上奔驰。少女是别墅看门人的女儿。

别墅的主人也是一个偏瘫少年。看起来，少年似乎不光是腿站不起来。每天，一到傍晚，载着少年和少女的小汽车就会在海边飞驰，像从海里抛起的浅蓝色手鞠一样。不过，少年身上只有下颚在动，一鼓一鼓的。少年有一个家庭教师，我在台球室里见过那男子两三次。少女在村里的小学里念书。

那一日，还是在去往河口沙滩的途中，我碰到从学校回来的少女。少女拄着拐杖，双肩耸起，两条胳膊像蝙蝠翅膀似的扑扇，一跳一跳地在沙滩上走，仿佛在跳舞。时值七月，沙滩上与河面上都没有影子。少女突然打了个大大的哈欠。

“啊，黑暗，是黑暗！”

在阳光刺眼的世界里，少女把嘴张得大大的，嘴里现出仅有的一片黑暗。那片黑暗，直勾勾地瞪着我。我为什么会被这种东西所震惊呢？后来，看见那片芦苇叶时，我也是这样。

最近，我每天都到河口的沙滩上去睡午觉。因为陆陆续续开始有人去海里游泳，所以，我特意到没有人去的河口。大概一个月前，我刚刚在一个女子的呼唤中复活，回到这个世界来。将这样的身体暴露在夏日阳光中，赤裸裸地躺在沙滩上睡觉，我想，这是有害的。可是，我实在很喜欢像这样躺着，将自己完全敞开在蔚蓝的天空下。或许，我生来就是那种睡眠不足的人，是一个在人生中寻找躺椅的男子。因为我从生下来那天起就没能躺在母亲的怀里睡觉。

因此，那一日，我又去了沙滩，躺在那里。

天空很澄澈，所以，岛屿看起来很近。白色的灯塔也雪白雪白的。游艇的帆是黄色的，这也能看明白。乍一看，以为游艇上坐的是一对年轻夫妇，实际上，却是德国老夫妇。最终，我的后背皮肤适应了滚烫的沙子，我的眼睛像主人不在家的房子上的玻璃门，透过这样的眼睛，我眺望着大海的景象。这时，有个东西在我眼前形成了一条线。

一片芦苇叶。

这条线渐渐清晰起来，那好不容易接近我的岛屿却因此逐渐向远处退去，芦苇叶占据了我的整个视野。我的眼睛变成了一片芦苇叶。不一会儿，我也变成了一片芦苇叶。芦苇叶庄严地摇摆着。这片芦苇叶，是不是正在我的眼睛里完全支配着河口、大海、岛屿、半岛等大得多的景象？我感到自己遭受了某种挑战，并且，芦苇叶步步紧逼，我被芦苇叶的力量压制了。

于是，我逃到了回忆的世界里。

一个叫喜佐子的女孩在她十七岁那年的秋天同我订了婚。后来，喜佐子悔婚了。我并不伤心。我想，只要我俩还活着，某天一定会再续前缘。我的院子里开着芍药花，喜佐子的院子里也开着芍药花，只要它们的根不枯萎，来年五月，芍药应该会再次绽放。等花开了，蝴蝶会把我的花上的花粉带到喜佐子的花上。

然而，去年秋天，我忽然意识到一件事。

"喜佐子已经二十岁了。"

"和我订过婚的、十七岁的喜佐子，如今二十岁了。"

"喜佐子没有同我结婚，却长到了二十岁，这是什么缘故？使喜佐子变成二十岁的是什么人？总之，不是我。"

"'瞧瞧，和你订过婚的女孩没能成为你的妻子，却能变成二十岁！'向我发起挑战的，是谁？"

彼时，面对这样一个无可奈何的事实，我第一次打心眼里领悟到了它的真相。我把牙咬得咯吱咯吱直响，耷拉着脑袋。

可是，除了喜佐子十七岁那年，往后算，我再也没有见过她。因此，对我而言，也可以说，喜佐子并没有长到二十岁。不，不是"也可以说"，是这样说才正确。这时，似乎是给我提供证据，十七岁的喜佐子浮现在我面前，像小小的人偶似的。

可是，这娃娃是清澈透明的。透过她的身体，可以看见白马在牧场上奔驰，看见月亮正用蓝色的手给自己化妆，看见夜幕下想转生为人的花瓶正在追赶应该做母亲的少女。我看见许许多多这样的景色，且这些景色非常美丽。

于是，我感到自己像那被封闭的、弥漫了满满一屋的浑浊瓦斯。若这屋子有门，我会立即敞开门，让浑浊的瓦斯蔓延到喜佐子身后那美丽的景色中去。因为，所谓生命，在某个瞬间，不过是扣动扳机的手指那轻轻的一个动作，仅此而已。

然而，幸运的是，就在那时，砰砰砰，死去的父亲敲起门来："有人吗？屋里有人吗？"

"来了。"应门的是小小的、像人偶一样的喜佐子。

"我落了一件东西，把我儿子落在这世上了。"

"可我是女子，一个女孩呀。"

"你是说，因为我儿子藏在这间屋子里，所以，我不能进去？"

"请吧，您请进，随便坐。人的思维之门是不上锁的。"

"可是，生与死之间的门呢？"

"就是用一串紫藤花，也能开启。"

"就是那个！我落下的东西，就是那个。"

走进屋来的父亲闪电般伸出手。被他的手一指，我吓了一跳，缩了缩身子。可是，小小的喜佐子诧异地瞪大眼睛。

“哎？那是我的梳妆台呀。您指的是镜子前的化妆水吗？”

“这是谁的房间？”

“我的。”

“你撒谎。你不是透明的吗？”

“那瓶化妆水也是桃粉色的呀，是透明的。”

父亲望着我，静静地说：“我的儿啊！因为十七岁的女孩变成了二十岁，你就惊慌失措了，对吧？尽管如此，你仍将十七岁的喜佐子描绘在这间屋子的一角，描绘在这虚空里，还为她注入生命。这样一来，你所在的世界，就有两个喜佐子了吧？或者，一个喜佐子也没有，只有你一人？可是，在你出生之前，我就和你分别了。看见二十六岁的你，只一眼，我就能立刻认出，你是我的儿子。因为我是死人，是吗？”

就在此时，不知为什么，我喘了一大口粗气，那喘息声却变成了“父亲”，变成了叫声。

“哎呀，我的化妆水说起话来了，天哪！”

喜佐子那香鱼眼似的小眼睛里刚一浮现出无限悲哀，她的身影就“嗖”的一声消失了。

“儿子啊，这房间真不错。即使一个女子从这里消失了，空气里照样一丝微风都不起。这房子真不错！”

“可是，父亲，你看起来一点也不像我呢。”

“是的，你也注意到了这点？在来这里之前，最费心思的，就是琢磨自己的外表该变成什么样。我想，即使我只有一点点像你，你都会觉得不舒服，所以……”

“我明白你的好意。”

“不过，我仍然是两只眼睛，两只耳朵，两条腿的人呢。我也想过，像一般的幽灵那样，干脆不要腿，可那也太普通了。我又想，要不，变成一支铅笔或一块烟水晶来见你，也很有趣。可是，死人对生存二字，是不大相信的。”

“不管怎样，如果你真是我父亲，能不能让我敲敲你的脑袋？打别人的脑袋，总觉得很难为情。换成自己的生身父亲，我就时常在想，想要‘啪’的一声使劲打一下他的脑袋。”

“可以呀，但是，你肯定会失望的。因为打我的脑袋跟拍打蒲公英花朵上的热浪一样，手上不会有任何反馈。”

“可是，蒲公英花上的热浪里不会长出人呀。”

“假如蒲公英花上不冒出热浪，人也一样不能生出来。”

事实上，我的脑袋里有蒲公英花开放，也有热浪在蒸腾。父亲的身影，根本就不存在。喜佐子也不在。和我订过婚的十七岁的喜佐子没有成为我的妻子，而是长成了二十岁——对于这件事，刚刚那股苍白的惊愕，如今也消失了。

这样一来，我的感情无精打采地垂下尾巴，睡着了。

或许，还真发生过这样的事。不久后，我在另外一个女子里佳子面前“哈哈哈哈”放声大笑。

“真的，我还是当没听见的好。我还是当没听见的好。”里佳子说道。于是，怀着沉闷的心情表达爱意的我“哈哈哈哈”放声大笑。这是多么空洞的笑声啊。听着自己的笑声，我大吃一惊，简直像听到了星星在笑一样。与此同时，“自身”这根钉子无声无息地折断了，吊在那钉子上的我呼地一下向蔚蓝的天空飘去。

里佳子像白天的月亮一样浮现在这蔚蓝的天空中。

“里佳子有一双多么美丽的眼睛呀！”我带着不可思议的神情望着她，然后，我俩像两只气球似的，升起来了。

“爬上那个小山丘。请在那棵椎树旁向右拐。”里佳子这样吩咐汽车司机。

里佳子下车后，我在汽车里微笑着。嘻嘻嘻，快乐的感觉噗噗向上冒，怎么也止不住。

“失恋的人必须表现出悲伤。”我在心里斥责自己，并且，在这与众不同的感情变化中，我感受到了不安。不过，那只是一种酥酥麻麻的感觉，像用肚皮将皮球按到水里似的。不一会儿，我又“噗”地笑出了声。

“理应悲伤的时候却很高兴，我该夸奖自己吗？应该夸奖这样一个南辕北辙的自己吗？这是一种‘神呐，我回来了’的心情。”

就这样，我一边玩一边独自微笑着，高兴得不得了。然而，这开朗的心情只持续了一天。说“只”，倒也并不是说第二天就悲伤起来了。只是，自那之后，对自己产生的隐约怀疑像秋风刮过原野一样从我的身边吹过。

没想到，一场高烧，让我把所有的感情完全暴露了出来。

那是五月。我发着高烧，快要死了，被热气蒸腾，失去意识。

“喜佐子喜佐子。”

“里佳子里佳子。”

“喜佐子里佳子。”

“里佳子喜佐子。”

据说，我就这样说着胡话。

守候在我枕边的伯母大概是个相信奇迹的人，她把里佳子叫到我的病床前。她想，我叫着“里佳子”的时候，如果里佳子回应了，或许，就能留住我的性命。

两个女子中，喜佐子当时在哪里，她是不知道的。事实上，当时，伯母是第一次听到喜佐子这样一个女孩名。但是，里佳子是伯母的侄女，也知道她嫁到哪里了，于是，她便被叫了来。首先，这难道不是一个奇迹吗？接着，奇迹接二连三地出现了。

据说，里佳子立刻来到了我的枕边。然后发生了什么？

“里佳子。”

“里佳子，里佳子。”

“里佳子，里佳子，里佳子——”

据说，我只叫里佳子的名字，喜佐子的名字，是一次都没有再叫过。请设想一下，那时，我可是在发高烧，处在丧失意识的状态中。对于这个问题，把它说成是人类心中的狡猾之类，我觉得，还是不能完全说透。后来，听伯母讲起这件事时，我漫不经心地嘀咕：“这就，死了都值。”

总之，里佳子叫着自己的名字并握着自己的手，我就是在这样的情形下回到这个世界的。恢复意识的一刹那，我所见到的里佳子，给我留下了怎样的印象呢？

有一次，里佳子这样对我说道：“给你讲讲我童年时最久远的记忆吧。两三岁时，我似乎以为太阳公公是从寺里的塔那边升起来，从芭蕉叶那边落下去。尽管那时我还不知道升与落这样的词汇，但是，我能感觉到朝阳和夕阳是不同的。可是，有一天，太阳公公竟然从芭蕉叶上升起来了。一想到太阳公公是从芭蕉叶上升起来的，我‘哇’的一声哭了起来。原来，我在保姆背上睡着了，傍晚时分才睁开眼。”

我并不是看见一片芦苇叶就联想起了所有的事。我只是觉得，无论起因是一片芦苇叶还是喜佐子变成二十岁，我都受到了同一种挑战。

在船老大的叫声中醒来时，我便回想起了在里佳子的呼唤下复活这件事。

太阳已经西沉，沉到半岛上。可是，我不会像三岁的里佳子那样，认为太阳是从西边的半岛上升起来。

很快，里佳子乘坐的船就要出现在海面上了，然后，她会乘着游船从海上来到这个海滨。

里佳子也许正躺在船舱里，将那除去了分趾布袜的漂亮的脚支在船舱上撑着自己，以免身体随波浪来回摇晃。我在脑中描绘着这幅情景，离开了河口。

—— 第二封遗书

“我要死了，里佳子活着。我要死了，我要死了。里佳子活着，活着，活着，活着……”

如果用语言来描述当时的心情，只能这样说。“当时”，指的是我用短刀刺进里佳子的前胸，再刺进我的前胸，意识渐渐丧失的时候。

可是，不知怎么回事，恢复知觉时，脑中最先浮现出的句子却是“里佳子死了”。

并且，这句话，并不同时代表“我活着”。不仅如此，在逐渐丧失意识的过程中，脑子里也并未浮现出“我要死了，里佳子活着”这样的话。一定要用语言来表达当时的心情，只能那样说。如此而已。

那时，驰骋在我脑中的所有东西——像火一样滚烫的小河中流淌的鲜血，骨头活动的声音，像沿着蜘蛛网滴落的雨滴一样一个接一个地流经眼前的父亲的面孔，卷着旋涡回旋的叫声，颠倒过来的浮浮沉沉的故乡的山，等等等等，无论从哪一个里头，我都能且只能感受到同一件事。

“里佳子活着。”

我淹没在可以称之为“里佳子的生存”的大浪中，挣扎着。随后，不知不觉间，我轻快地浮了起来，在浪尖上悠悠摇荡。

然而，当我恢复意识时，“里佳子死了”这句话作为语言本身，却清晰地浮现出来了。再然后，并没有“我活着”这句话来配套，只有那句话清晰地浮现出来。

这样看来，对“死”而言，“生存”也许是非常傲慢的一件事。

然而，与这世界的光和物以及世界的明亮相比，我首先觉察到的，毕竟不是这句话。

最初，我是突然浮到明亮的光中来的。

那是七月的海滨，大白天。但我想，即使在深夜的黑暗中苏醒过来，这种感觉还是一样的。就算是盲人，也有对光明的感应吧。这是因为，即使我们在黑暗中睁开眼，还是会对明亮和光线产生感觉，并且，我们不是用眼来感觉这些，而是用生命来感受。所谓生存，用一句话来概括，可以认为，就是指感知光明。

只是，那一刻，我感到很清爽，比每天清晨睁开眼感受到的清爽多得多。

然后，感受到了声音。波浪的声音。那声音显现在我眼前，像一群金色的、静静地跳着舞的小矮人。那些小矮人中，一个高举着手跳起来的人喊出“里佳子死了”这句话。

总之，这句话令我大吃一惊。这种惊异，使我的意识第一次变得清晰起来。

窗外，松树的嫩芽伸向半空，仿佛五岁的孩童用墨汁在蓝纸上胡乱涂抹画成的线条。

我感到自己在劈杀过来的幻影攻击下敏捷地躲闪着。我的视野中，好几道幻影都在闪光，如同傍晚飞奔旷野的雷阵雨的尾声。

这时，我回想起墨汁染黑了的里佳子的唇。

一间装有壁炉的西式客厅。正月，里佳子十四岁，正玩着新年试笔的游戏。尽管已经十四岁了，她还是一边舔笔一边写字，将唇染黑了。我回想起那片唇。接着，我看了看自己的手。肯定有人帮我洗过手，所以，手上不可能沾有里佳子的血。

尽管如此，在我刺杀里佳子的时候，她的血流到了我右手的四根手指上，可为什么单单没有流到无名指上呢？不，或者应该说，在沾满鲜血的手上，只有无名指白得像恶魔似的。在那样的情形下，为什么这事令我如此在意呢？是否因为无名指是白的，我便生还了，而里佳子却死了呢？不，这种事根本无所谓。说不定，单单无名指一根显得很白，只是一种幻觉。

想那个，还不如想想我俩为什么会想到死。是因为里佳子将我从高烧得快要死了的状态中挽救过来吗？是的，一定是这样。

可是，那一晚，或许该怨月亮太明亮了，或者怨那沙滩太白。满月照在白色的沙滩上，反射出一种仿佛不带有空气般的清澈颜色。月光静得像水滴一样，直直地洒落下来，隐约能听到天空转动的声音。我的影子仿佛落在白纸上的墨点，黑乎乎的。我的身体像一条插在白沙中的尖锐的线。沙滩宛如一匹白布，从四面八方紧紧地卷上来。

那时，我和里佳子为什么没有注意到那三天里我们已经累得像死了的青鲦鱼呢。正因为不知道这一点，我想，人不能站在这白花花的土地上。于是，我把腿缩在长椅上，又让里佳子也把腿抬起来，放在长椅上。

大海黑魆魆的，与那广袤的黑相比，这沙滩的白是怎样的微不足道啊。

我边想边对里佳子说："看，这漆黑的大海。因为我看着这黑的海，所以，我是黑的海。你也看着它，所以，你的内心世界和我的内心世界都是这黑色的大海。然而，在我们眼前，我和你的两个世界虽然同时占据着一个地方，却并没有碰撞和排斥，也没有发出撞击声。”

“请不要说一些我听不懂的话。我愿和您彼此信任着死去。别说疯话，让我们在能够死去的过程中一起死吧！”

“是啊，你说的对。”

我决定死，大约就在那时吧。还是说，在那之前，我已经做过那样的约定了？

总之，似乎是这样：我们像一片黑色的大海一样彼此信任着对方。我们相信，即使我俩死了，这片黑色的大海也不会消失。在这样的信念中，我们决定去死。

可是，结果如何呢？生还之后，我发现，大海是深蓝色的。

大海难道不是深蓝色吗？

好比我那满是鲜血的手变白了一样，漆黑的大海变成了深蓝色。这样一想，眼泪簌簌落下。并不悲伤，而是泪壶的盖子被打翻了。要是我没有生还，大海肯定还是漆黑的吧？

这么说，那样做是不对的？那时，我不该将里佳子撞飞？

那时，里佳子正用两只胳膊紧紧抱住我的头。是我让她这样做的。我说，这样一来，两个人的身体就变成了一个了。就是说，里佳子作为一个独立的人，只要那种独立感不消失，我就没有勇气去刺里佳子的前胸。

我想让自己变成空荡荡的容器。于是，在里佳子的脸颊散发出的气息中，我张大嘴巴。潺潺流水与小河的幻影立即浮现出来。这时，我拼尽全力将短刀刺进里佳子的左胸，同时，把紧紧抱着我的里佳子猛地撞飞，自己立刻站起了身。

仰面倒下去的里佳子在自己的血泊中快速翻了一个身，她伏在地上，用清晰的声音说道："不，不，不能死。"

她自己拔出插在胸前的短刀，用力扔出去。短刀撞到墙上，血溅了一墙壁，又掉在榻榻米上。

就是那时，我看见自己的手上只有无名指白得像个恶魔。我打了个寒噤。

大约过了五分钟，里佳子就不动了。看着一动不动的里佳子，我的心里很沉静，像是通透了。我把手巾盖在短刀上，站着，用脚擦去短刀上的血。

接着，我像机器一样，对自己的动作丝毫不迟疑，跪坐在里佳子身旁，拿起短刀，闭上眼。我想，如果可能的话，我要倒在里佳子身上死去。如果开始就靠在里佳子身上，自杀时过度痛苦，就会在挣扎中离开她，所以，我计划着在这种姿势下将刀刺进胸膛，终于感到难以忍受时，就朝里佳子身上倒。

可是，结果怎么样呢？短刀猛地插进去的时候，计划好的姿势全毁了，我向前倒去。"啊！那是里佳子的体温！"这样喊叫着，我跳了起来。

倒向里佳子身上时，我感受到里佳子的体温，跳了起来。

是里佳子的体温将我弹开了。里佳子的体温传到我身上时，那瞬间的恐怖——到底是什么呢？

总之，那是本能的火花。或许，是潜藏在人性深处的憎恶。再不然，就是一个人从另一个人身上感受到的可怖的爱。又或者，是生命与生命间的闪电在肉眼看不到的世界中彼此冲撞。那时，我叫了些什么，自己已经不记得了，但我想象得出来，恐怕没有什么叫声能比那个声音更吓人。

跳起来后，我又侧身倒下了。疼痛与痛苦马上消失了。

一种感觉在我体内扩散开来，像被疾风刮下陡峭的斜坡。

不久后，我感到世界变成了一种强烈的节奏。世界在跳动着，它的心脏和我的心脏一起剧烈跳动着，全身的肌肉，都在倾听这跳动的声音。刚想着“好热啊”！眼前就转入一片黑暗。

在这黑暗中，飘着两三个金色的圈。里佳子站在我故乡的桥上，眺望水面。里佳子是活着的。她的脸慢慢变大，腿慢慢变小。她成了三角形。一个像我父亲一样的男子倒立着，如流星一般，从河底飞快地浮上来。花瓣长得像鸟翅膀一样的大丽花如风车一般旋转着。花瓣变成里佳子的唇。月光斜射下来，发出叮叮咚咚的声音。

这类景象，要是将它们全写出来，简直没有尽头。总之，我乘着高速幻想列车，像子弹越过草木，仿佛在追赶时间。

在这个幻想世界里，颜色即声音，声音即颜色，只有气味，半点都感受不到。还有，这些丰富且自由的幻想片断，无一不像我在前面谈到的那样，让我感到“里佳子活着”。

这种感觉背后，“我死了”的印象像湛蓝的夜空一样伸展开来。尽管如此，在我拿刀捅自己之前，我并相信“里佳子死了”这句话。

不，应该说，死了还是没死，我连怀疑都没有怀疑过。事后回想起这一点，觉得真是不可思议。一般来说，应该先确认一下里佳子的死活吧。

说不可思议，倒也的确是。但是，在用刀捅自己之前，我一直认为里佳子死了。在逐渐稀薄的意识片断中，我却觉得“里佳子活着”。这一点，也很不可思议。此外，一恢复意识，“里佳子死了”这句话立刻忠实地浮现在脑海里，这也是很不可思议的。

没错，毫无疑问，里佳子死了。然而，我的复生，不正是对里佳子的死的一种证明吗？

如果我没有复生，情况会怎样呢？对我来说，这世界曾经是“活着的里佳子”的广阔大海，不是吗？

还有，里佳子痛苦地喘着粗气，却用清晰的声音说出那句“不，不，不能死”，也是不可思议的。她是在对一起殉情的人说“不能死”吗？还是在对自己说？抑或是，对既非我也非里佳子而是里佳子心中浮现出来的什么东西说？

比起她那边，在用短刀刺自己胸口之前，我对这句话没有做过任何考虑，这又是为什么呢？是因为我对死这一概念实在太懦弱吗？所以，才像机器一样不想怀疑自己的动作？然而，对于死，我真的很懦弱吗？如果我懦弱，又有什么必要去寻死呢？

里佳子不是也说过吗，“不，不，不能死”。

我的死，不正是“里佳子活着”这样一个象征世界吗？

而我的生，不就是明明白白的“里佳子死了”这层意思吗？这话的意思，是指生并不只包含这些？还是指，“正因如此，你复生了”呢？

到了明天，我要试着考虑许多问题。

窗外的松林笔直地站立着。要是把这松林看成一边发着水车般的声音一边旋转着的大丽花，我是不是就能够活在“里佳子生存的象征世界”里了？

人类是为了征服时间与空间并片刻拥有那丰富且自由的大好世界才出生，然后又死去，对吧？

啊，已经搞不清所以然了。

我不是眼前这蔚蓝的大海，这是一种不幸吗？不，那时也好里佳子也罢，不都是眼前这片黑色的大海吗？

—— 著者的话

著者在这两篇文章前附上“第一封遗书”“第二封遗书”等题目，是因为作者在殉情之前写了第一篇文章，在第二次自杀前写了第二篇文章，而这一次，他再也没有醒过来，所以，我们不能再听他讲有关“生与死”的话题了。不过，他一定会再次活在“里佳子生存的象征世界”里。不用说，他爱里佳子。然而，著者以为，即使他爱的是“一枝野菊”，死在野菊的幻想之波上，这封遗书也没有改写的必要。

月下美人

某年夏天，昙花盛开之夜，小宫曾把妻子的校友们邀到家中做客。此后，连续三年，年年如此。

最先到来的是村山夫人。

一步入客厅，她就立在原地，望着昙花，说道："呀，太美了！啊，太美了！开了这么多朵呀，比去年都多！去年开了七朵，对吧？今年开了几朵呢？"

在古色古香的木造洋馆中，宽敞的客厅里，桌子摆放在一旁，客厅正中央放了一个圆形底座，那盆昙花就放在上面。花盆比夫人的膝盖还低，植株却向上伸展，稍稍抬头，才能望到顶端。

"宛如梦境中的花朵，真像洁白的梦幻之花啊！"这句话，夫人去年夏天也说过，一模一样。前年，第一次看见这花时，句子也一样，但声音更激动些。

夫人靠近昙花，观赏一番之后，来到小宫面前，感谢他的邀请。

“敏子，晚上好啊。谢谢。你长大了，更可爱了。你也像月下美人一般，比去年开得更好了。”她对小宫身边的姑娘说。

姑娘看了看夫人，一言不发，既不表露腼腆，也不表露微笑。

“一定精心栽培过吧。”夫人对小宫说，“能够开出这么多花。”

“今晚开的花，可能是今年以来最多的了。”正因如此，才急着请各位前来赏花——或许，小宫想这样说，可他的语调里没有表现出这样的兴致。

村山夫人来得最早，不单单因为她住的鹄沼海岸离叶山这儿近。小宫最先给村山夫人挂电话，道声“今晚”，夫人马上给东京的朋友们挂电话，邀她们来。夫人将电话联系的结果告知小宫：五位夫人中，两位因故不能前来，一位要等丈夫回家后才能做出决定，今里夫人和大森夫人能来。

“大森说，‘就三个人？今年人少了’。把岛木也请来，应该不错吧。岛木若来，便是头一次来。我们班上还没结婚的，大概只剩岛木一个人了。”村山夫人说。

敏子从椅子上站起身，绕过昙花，似乎打算走出客厅。

“敏子！”夫人把她叫住，“一起赏花吧。”

“我已经看过了。”

“开花的过程，你都看过了？和你父亲两人看的？敏子，昙花是怎样绽开的呢？”

姑娘看都不看夫人，头也不回地走了。

夫人想起来了。前年曾听小宫说过，说昙花盛开时像微风摇曳一般，跟荷花绽开时的样子差不多。

“敏子是不是不愿见她母亲的朋友，不愿听有关母亲的话题呢？”夫人说，“我还是希望幸子能在这儿一起赏花。要是幸子在这儿，或许，你就不会栽什么昙花了。”

“……”

前年夏天的一个晚上，村山夫人到小宫家里来，劝他与已分手的妻子破镜重圆。当时，她看见了这盆昙花。于是，她征得小宫的同意，邀来幸子的朋友们，大家一起赏花。

外头传来汽车的声音，今里夫人来了。时间已过九点半。昙花入夜才开放，两三点就凋零，是只开一夜的花朵。大约二十分钟后，大森夫人带着岛木澄子，过来了。

村山夫人将澄子介绍给小宫，说：“年轻得招人恨啊，对吧？长得太美，连婚都不结了。”

“我不结婚，是因为身体太弱。”澄子目光闪动，昙花早已把她的视线吸引过去了。只有澄子是第一次赏昙花。澄子站在昙花面前，绕着它慢悠悠地转了一圈，还把脸靠近花朵。

大朵白花在长长的叶片尖端绽放开来，微风自敞开的窗户卷进来，吹拂着它，花朵轻轻摇曳。它不像花瓣细长的白菊，也不像雪白的西番莲，昙花是一种妙不可言的花朵，宛如飘浮在梦境中的花。三根枝干用竹子支撑起来，上头长着绿绿的叶片，那儿的花最多。昙花是仙人掌科，叶子生叶子，雌蕊很长。

小宫被赏花赏入了迷的澄子所吸引，站起身来，走了过去。澄子似乎没有感觉到他走来。

“如今，虽然日本到处都有人种昙花，可一夜之间开十三朵，还是很少见的吧？”小宫说，“我们家栽培的昙花，一年要开六七回，今晚是开得最多的一次。”

接着，小宫指着形似百合的大朵蓓蕾说，这朵明晚开花。又指着叶子上形似红小豆的东西，告诉澄子，这会长成叶子，是蓓蕾，像这样的蓓蕾，要一个月后才能开花。

甜甜的花香包围着澄子。香气比百合清甜，不似百合那般浓烈又恼人。澄子朝椅子走去，视线依然停留在昙花上。

“哟，小提琴声……是哪位在拉琴？”

“是小女。”小宫答道。

“曲子真美，叫什么？”

“不知道。”

真是昙花的好伴奏啊，大森夫人说。澄子仰头望了望天花板，走到庭院的草坪上。下方不远处就是海。

折回客厅后，澄子说：“令爱还很小呢，在二楼露台上拉琴。她不是面向大海，而是背对着大海在演奏。这样，是不是更好呢……”

竹叶舟

秋子把水桶摆在蜀葵旁，取了几枝梅树下的小竹，用叶片做了几只竹叶舟，让它们在水桶里漂浮。

“瞧，小船。有意思吧？”

一个小孩蹲在水桶前，望着竹叶舟。随后，他抬起头，对着秋子笑。

“多好的小船啊。阿弟很聪明，让姐姐给你做一只小船，陪你玩吧。”说罢，孩子的母亲折回客厅。

她是秋子未婚夫的母亲。她好像有话要同秋子的父亲谈，秋子便离席了。因为小孩子磨人，她把他也带到庭院里来。这孩子是秋子未婚夫的小弟弟。

孩子把小手伸进水桶里，搅和了一通，说：“姐姐，船开战啦。”

一群竹叶舟没头没脑地在水面上转悠，很有趣。

秋子走开了，把洗好的浴衣拧干，晾在竹竿上。

战争已经结束了。然而，未婚夫没有回来。

“打呀，多打几场！打呀，多打几场！”孩子越发瞎搅和起水面。水沫飞溅，溅在他脸上。

“哎哟，瞧你，这可不行。脸上弄的都是水！”秋子制止道。

小孩却说：“讨厌！船不走啦！”

小船果真浮在水面上，不走了。

“啊，对啦，咱们到后面的河边去吧。把船放在河里，速度会快些。”

小孩拿起竹叶舟。秋子把水倒在蜀葵树下，把水桶放回厨房。

小孩蹲在河下游的踏脚石上，一只一只地放走竹叶舟，高兴得拍起手来。

“我的船最快。瞧，瞧啊！”

小孩怕看不见最前头的竹叶舟，顺着河水流下的方向往前跑。

秋子赶忙将剩下的竹叶舟都放在水里，去追赶那孩子。

她突然意识到，自己行走时使劲用左脚跟着地。

秋子有小儿麻痹症，左脚跟够不着地，左脚又小又松软，脚背则高高隆起。不能跳绳，不能走远路。本打算独自一人静静地度过一生，后来却意外地订了婚。她有信心用自己的心灵去弥补肉体上的不自由，长这么大，第一次这么认真，用左脚跟着地，练习走路。只有左脚承重，木屐上的趾襻儿总是一下子就歪了。不过，秋子还是刻苦练习着。然而，战败后，她不再练习了。被趾襻儿磨破的伤痕留在脚上，和严重冻伤的痕迹差不多。

小孩是未婚夫的弟弟，因此，在他面前，秋子下定决心，要用左脚跟着地走路。她已经好久不这样做了。

河床狭窄，杂草低垂在水面上，把三四只竹叶舟给挂住了。

小孩在十多米远的前方停下脚步，他似乎没有发现秋子走近自己身旁，只顾目送着竹叶舟顺流而下，没去看秋子走路的模样。

孩子脖颈上那处深凹下去的颈窝很像秋子的未婚夫。秋子真想把他抱起来。

孩子的母亲走了来，向秋子道过谢，催促孩子回家。

“再见。”小孩干脆地说。

她是来谈战死的事还是来谈解除婚约的事呢，秋子想。愿意同一个跛足姑娘结婚，或许，也是战争中孕育出的感伤吧。

秋子没有进屋，她去看邻居新盖的房子。那是这一带所没有的大房子。过往行人也一样，必定驻足观望一番。战争期间，工程停了下来，放置木材的场地周围长满高高的杂草。近来，工程突然加快进度，门前还栽了两棵形态怪异的松树。

秋子觉得这栋房子的外形并不柔和，显得很强硬。然而，窗户异常多，客厅四周全是窗户。

街坊邻里都在背地里议论，这样的房子，会是什么人搬进来居住呢？然而，谁也说不准这件事。

骑马服

刚抵达伦敦饭店，荣子就把窗帘关严，不管不顾地躺在床上。她闭上眼，连鞋都忘了脱，伸出床沿的脚脖子一晃，鞋掉落在地板上。

从日本乘飞机绕道北方，途经阿拉斯加和丹麦，她感受到的，不只是一人旅行中的疲劳。这种疲劳，仿佛把女人一生的疲劳和与井口共度夫妻生活的疲劳彻底带出来了。

小鸟的啁啾声一刻不停。饭店坐落在荷兰公园旁一条幽静的住宅街上，公园的树丛中竟有如此多的小鸟。季节比东京来得晚，这里已是五月，树木发芽、花朵盛开、小鸟鸣叫，这是伦敦的春天。不过，关上窗就看不见外面，只听小鸟鸣叫，并不觉得自己来到了遥远的国度。

“这里是英国伦敦呀。”荣子这样对自己说。说归说，她还是觉得，自己仿佛身在日本的高原地带。听到小鸟鸣叫，一般会联想到山，可荣子脑海里浮现的是高原，因为高原上有她幸福的回忆。

十二三岁的荣子曾与伯父和两个堂兄弟骑马飞奔在绿色的高原上。她知道小小年纪的自己是怎样一幅光景。荣子被伯父家那开朗的家风所吸引，越发懂得同父亲二人所过的生活是黯淡无光的。只要骑马奔驰，她就会把父亲的死忘得一干二净。然而，这种幸福并不长久。

“荣子，堂兄妹可不行呀。”经堂妹茂子这么一说，这种幸福就受到了损伤。十四岁的荣子明白茂子这简明扼要的话语是什么意思。茂子是在告诫自己，跟堂兄弟洋助恋爱和结婚，是“不行”的。

荣子喜欢给洋助剪指甲，掏耳朵。洋助夸她手法很棒，她高兴极了。做这些事时，荣子那种忘我的模样触怒了茂子。自那之后，荣子与洋助保持了一定的距离。她与洋助在年龄上有差距，她还是个少女，做梦都没有考虑过结婚之类的事。不过，茂子的话倒点醒了她，促使她情窦初开。很久以后，她才慢慢意识到，原来，那就是初恋。

洋助结了婚，有了自己的家。茂子也结了婚，离开娘家。家里只剩下荣子。荣子心想，这大概还是会使茂子看不顺眼吧。

于是，她搬去女子大学的学生宿舍。后来，依伯父的意思，她结婚了。丈夫失业，荣子就在大学预科入学考试的预备学校里教英语。这样的生活持续了四五个年头，荣子与伯父商量起离婚的事。

“我觉得井口越来越像家父了。”荣子诉说着自己的丈夫，“家父要不是那样，对井口，或许我还可以忍受。可是，一想起家父，我就觉得自己仿佛在跟一个没有能力的人生活在一起。这种命运牵绊着我，我坐立不安。”

在与井口结婚的问题上，伯父是负有责任的。见荣子如此焦急，伯父说，你离开日本一段时间吧，二十天也好一个月也罢，去英国旅行，仔细考虑考虑也好。说完，给她出了旅费。

在伦敦的饭店里，荣子一边倾听小鸟鸣叫一边回想自己骑马时的小小身影。脑中一浮现出这画面，耳朵里就嗡嗡直响，仿佛听见瀑布的倾泻声。瀑布的声音越来越大，荣子几乎要哇的一声大叫起来。这时，她醒了。

荣子拿着父亲的信，怯生生地走进大厦七层的董事办公室。这个人在大学预科时代与父亲是同班同学。看见荣子，他问：“你多大了？”

“十一。”

“哦。告诉你父亲，不要使唤孩子。孩子怪可怜的。”此人满脸嫌恶，把钱递给她。

荣子把他的话如实传达给等在大厦下的父亲。父亲挥舞着手杖，脚步踉跄，说道：“混账！瀑布倾泻着呢！我被那瀑布兜头浇着呢！”说罢，父亲抬头望了望大厦。荣子觉得，仿佛真的有一道瀑布从七楼窗口向父亲头上倾泻下来。

荣子带着父亲的信，去了三四家公司。公司里都有父亲的同班同学。她挨家挨户地转。母亲厌烦父亲，同他分手，走了。父亲患上轻度脑溢血后成了瘸子，走路需要拄拐杖。去过那家瀑布倾泻的公司后，第二个月，她又去了另一家公司。

“你不是一个人来的吧。你父亲躲哪儿了？”对方说。荣子不由地将视线移向窗边。对方打开窗户，朝下望了望，说：“哎呀，怎么回事？”

被这声音所吸引，荣子也透过窗户向下张望，只见父亲倒在下面的马路上，四周围着很多人。这是第二次脑溢血，父亲死了。荣子觉得，好像有一道瀑布从高高的公司窗户上倾泻下来，把父亲击毙了。

在刚刚抵达的伦敦饭店里，荣子听见了那道瀑布声。

星期天，荣子去海德公园，坐在岸边的长椅上眺望水鸟。耳边传来一阵马蹄声。双亲带着两个孩子，四人并排骑着马，走了过来。连十岁左右的小女孩和比女孩大两三岁的小男孩都整整齐齐地穿着正规骑马服。荣子感到震惊。那副样子，简直是小绅士与小淑女。她一直目送着这户人家策马远去，心想，得在伦敦寻找出售那等好款式骑马服的商店，哪怕只用手摸一摸也好。

日本人安娜

他们是兄妹两人，只有一个钱包。

说得更确切些，哥哥经常借用妹妹的钱包。装零花钱的黑皮革马蹄形零钱包带红线镶边，这是女子用品的标志。因此，尽管安娜有一只样子同它一模一样的钱包，他不仅没有怀疑，甚至觉得这个可怜的俄罗斯姑娘也在赶女学生的时髦。

没错。邀妹妹出门逛百货商店时，他瞧了瞧摆放化妆品的玻璃柜上的篮子，冲“五角一个概不区分”的牌子努了努嘴。

妹妹说：“我们班上的同学都有这样的钱包。”

“那就买一个。”

钱包就是这样买下来的。

安娜也有个钱包，同妹妹的一模一样。像死蝙蝠翅膀的、留在摊位上的黑色披肩长长地垂了下来。她去买盐味炒豆时，他看见了这个小钱包。他知道她有一个相同的东西，便突然向前迈出一步，想同她搭话。安娜用黑色的翅膀搂着弟弟的肩膀，伊斯拉尔没有穿外套。伊斯拉尔的弟弟达尼耶尔没有戴帽子，他把脑袋凑到老人的腰兜上蹭了蹭。

浅草公园里，一间间小戏棚的后台出入口处涌出一些艺人和售票姑娘，这是外乡人引人注目的时刻。尽管如此，俄罗斯乐师们还是像乞丐一样，迈着缓慢的步子，踩着裸木上结了冰的影子，远去了。他时而在后时而在前，一路跟着安娜，好不容易才跟到了公园后面的小客栈里。随后，为了能看清安娜在二楼走廊上行走的情景，他靠在马路对面的胃肠医院的白墙上，呆立着不动。

一个中学生像壁虎一样紧贴在白墙上，边伸懒腰边目不转睛地盯着小客栈的二楼。毫无疑问，是尾随安娜而来的。过去，他是高等中学的学生。两人像即将哭出来似的互相避开对方诚实的面孔，双腿冰凉，约莫站了十来分钟。突然，中学生猛地将斗篷撩到头上，像狗一样溜了。他走进小客栈。客栈掌柜的把他带到安娜隔壁的房间里，立即说道："不好意思，小店有规定，得先付房费。"

"是吗。是一元三角吧。"说着，他把手伸进上衣兜里，可钱包不在兜里。他赶忙搜遍全身，摸了七个口袋，都没找到。

钱包已经被安娜掏走了。

安娜她们从 N 馆的后台门口出来，又在滑旱冰的小戏棚前止步，钻进观看滑旱冰的人群里。他紧贴安娜站着，斗篷的袖子稍稍碰到她的披巾。安娜想走开，刚一转头，踩了他的脚。

脱口说声“对不起”的是他。安娜脸上顿时飞起一片红晕，她冲他微笑着。她那瓜子脸上的眉梢和嘴角都有些向上吊，像一只凶猛的鸟似的，微笑着瞪了他一眼，低下头来。他决定跟踪她。大概，钱包就是在那个时候被她掏走的吧。

客栈掌柜的跪坐在走廊上，依然双手扶地，抬着头来，嘲笑般望着他。

“看来，钱包是丢失了。明天一早，我让妹妹送来，不行吗？真不好办，深更半夜的，即使往我的公寓挂电话，妹妹也没法来呀。”

“先付款，这是我们的规定。”

“就是说，不能住宿？”

“真对不起。不过，现在可能还有电车，住在本地的话，步行也能回去嘛。”

他目不转睛地望着安娜那只脱在大门口的舞鞋，边走下小客栈的楼梯边用英语断断续续地唱起俄罗斯歌曲，朝自己住的地方走去。

“欢迎光临。”第二天晚上，客栈掌柜的装出不认识他的模样，迎接他的到来。他从隔扇的缝隙里窥视安娜的房间。壁龛里放着安娜兄妹们那满是皱褶的贴身汗衫，两个旧旧的箱子，箱子上放着盐味炒豆的袋子和生锈的口琴，衣架上挂着一个落满灰尘的花环，还有一具用木板组成的小木马——除这些外，别无他物。倒下来的木马脖子上挂着一块似乎并不是玩具的俄罗斯勋章。

"先生。"来铺被褥的女佣用他有生以来第一次听到的名词招呼他，刷地一下把隔扇拉开，"如果您喜欢住这儿的外国姑娘，我可以帮您。"

"啊？"

"能出二十元吗？"

"可、可是，那姑娘才十三岁呀。"

"哟，十三岁啊。"

安娜她们回来之后，跟弟弟们说了两三句话，马上就睡着了。他在硬邦邦的被褥里哆嗦着，直发抖。

第三天晚上，他从朋友那里借了二十元钱。可是，到他房间里来的，是另一个女佣。

父亲和弟弟睡着后，安娜在小声唱歌。窥视了一下，只见她坐着，单单把两只脚伸进被褥里。她把半身裙叠得整整齐齐，放在铺盖一角。膝盖上叠着一摞贴身汗衫，安娜用日本产的针线缝补衣服。

大街上传来汽车声。又窥视了一下，只能瞧见同伊斯拉尔搂在一起睡觉的安娜的头发。父亲和达尼耶尔睡在另一张被褥上。他悄悄地打开隔扇，爬了过去，将钱包——黑皮革马蹄形带红线镶边的小钱包放在安娜枕边。这是他今天特地从百货商店买来的，和上次那只一样。

睁开哭肿的眼睛后，他发现，房间的隔扇边上，竟并排摆放着两只相同的小钱包。新钱包里装着昨夜的二十元钱，旧钱包里装着十六元还是多少——这是安娜前些日子从他那里偷走的钱，她偷偷还给了他。隔壁房间的衣架上只剩下落满灰尘的花环。安娜一家逃走了。他那稚嫩的心，反而吓坏了安娜。他从花环上摘下一朵人造菊花装进钱包里，急匆匆地朝N馆走去。演出名单表更新过，节目单上没有安娜一家的名字。

鲁波斯基姐弟被革命者们撵出来，他们是居无定所的俄罗斯贵族，是孤儿。馆里不放电影时，十三岁的安娜弹钢琴，九岁的伊斯拉尔演奏大提琴，七岁的达尼耶尔演唱俄罗斯摇篮曲。

他回到公寓里，对妹妹说："前些日子弄丢的钱包找回来了。我去了一趟浅草警察署，原来，是可怜的俄罗斯少女捡起来的。"

"太好啦。是不是该给那孩子一点谢礼？"

"她是个流浪的姑娘，不知道上哪儿去了。东西丢了，本来已经死心了……我想买点俄罗斯的东西，当作对她的一个纪念。”

“革命后，俄罗斯没有什么东西进口到日本呀。进来的只有毛织品。”

“对我们来说，那是奢侈品，买点耐用的东西吧。”

他在那家百货商店给妹妹买了一个红色皮革的化妆盒。三四年后，妹妹度蜜月时，还带着那个化妆盒呢。

三月的一个晚上，一群不良少年模样的人在银座人行道上走，霸占了路面。他躲到街边栽种的树旁，给他们让路。这群人后面有个肤色白皙的美少年，像蜡浇出的人偶似的，身穿久留米撒碎白花的粗布衣裳，眼窝深陷，头戴旧旧的黑色钟形帽，身披下摆开衩的学生斗篷，光脚穿朴齿木屐，美得叫人想咬上一口——是女子吗？

擦肩而过时，他不禁脱口而出：“啊！是安娜。安娜！”

“我不是安娜，我是日本人。”少年明确地说，像一阵风似的，消失了。

“我不是安娜，我是日本人。”他喃喃自语，突然伸出手，摸了摸西服内兜，钱包果然不见了。

裙带菜

医院的夜来得早，九点半就已鸦雀无声。夜间便能充分感受到，连药味都带着春天的气息。今天值夜班，白天外出。想起电车上的事，就忍俊不禁，独自一人，也倦了。

电车车厢里，有人把写着“各中学送货人”字样的帽子纸袋放在膝上，也有母亲带着孩子来乘车，母亲走进车厢里坐下，头戴崭新制帽的男孩腼腆地站在乘务员身旁。

一个女人正专心致志地解开废丝线。这个废线团只有巴掌大小，缠绕着红线和看上去既带淡淡的青绿又带点灰的废线头。她双手并用，用手指轻轻理开那些线，找到线头并拉出来，在左手小指卷上旧明信片做绕线板，把线绕在上面。红线绕在小指根，淡淡的青绿绕在小指尖，边拆边绕，边绕边拆，相当灵巧，非常熟练，连纠缠在一起的线都能麻利地分开，简直不可思议。看着这动作，不觉得这是一种烦人的工作。进展顺利的时候，线团直落到膝上，舞蹈着。有时，绕着的线很短，线团也会掉落下来。但是，女人仍然专心致志，干个不停，线和小指看上去仿佛融为了一体。

为了能更轻松地低头弯腰，女人很自然地将双腿伸直。不知不觉中，我也采取了这种姿势，安稳地凝视着这一幕。

眼下，大概是丝线供应紧张，连废线头都拿出来了。早先，她可能会把毛线团放在膝上织衣物。不，不是可能，战前，这女人已经是干这个的了。她的眼睛垂下时，眼角却向上吊，面容严肃。下车时，她匆匆忙忙地把废线头绕成一团，揣在和服袖兜里，流露出些许疲惫，站起身来。这样的女人随处可见，已是四十开外的年纪。

在医院值夜班时，我蓦地想起那个场景。那时的心绪，似乎让我看到了一个女人的幸福。虽然有些莫名其妙，总归是开心的。我从容地给老家写了一封信。

“不好意思，来了个食道有异物的病人，请打开放射室，我已经叫技师来了。”耳鼻科护士走进来，冷不丁说道。

“是。”

“有劳。”这回，她把声音压低，朝我迈了一步，我不禁转向一旁，站起身来。

我拿着钥匙走下楼。走廊上的电灯十分昏暗。

打开放射室那扇沉甸甸的门，机械带着古怪的气质，浮现在黑暗中。我用手摸索，打开电灯，外头马上传来脚步声。透视技师、医师和抱着约莫三岁小男孩的护士走进来。病人就是这个小男孩。男孩的双亲也跟着来了。

“请给透视，拍张片子。”医师对技师说。

我跟在技师身后走进室内，从技师身旁擦过，放下黑幕，准备停当。

技师边校准透视仪边问：“吞了什么东西？”

“说是围棋子儿。”医师答道。

“围棋子儿？啊？”

技师稍稍转过头，看了看男孩，仿佛要重写这孩子的年龄似的，嘟哝了一句：“大概以为吃的是点心吧？”

谁也没有笑，母亲更是手足无措。

“不，不是这样，不是这样的。围棋子儿，每天都……喏，孩子嘛……孩子他爸！你在孩子身边，怎么会不晓得吞没吞呢？”

父亲表情复杂，沉默不语。

孩子若无其事。护士给他脱衣服时，他说：“没吞！没吞！我说没吞嘛！”他张开双手，朝母亲的方向挥来挥去。护士好不容易才把他的衣服脱光，把他放在透视台上。

“好了。”这声信号过后，室内变得一片漆黑。机械吱吱作响，荧光板上显现出可爱的骨骼。

孩子被按在凉飕飕的板上。他哭闹着，护士从两边把他抓住。医师一边调整光圈一边注视着荧光板。

“哦！”医师喊了一声。

听见这喊声，护士们也都瞧了瞧荧光板。

一粒围棋子儿卡在食道上。

拍下一张 X 光片后，立刻将他送进了手术室，并施以乙醚麻醉。男孩赤身裸体，躺在高强度照明下的白晃晃的房间里，变得十分可爱，仿佛用手摸一下，就会被他吸住似的。

护士望着挂上额带镜的医师和他手中的细长器具，嘟哝了一句“瞧这小嘴”，扒开男孩的嘴。

医师把器具插入男孩咽喉深处探查，可几番尝试也取不出围棋子儿。护士们都凝望着医师第二回第三回的探查手法，非常担心。

“不行啊！”医师重整器具，又试了试，依然取不出来。

“干脆把医疗部的围棋拿一粒来变变魔术，说声‘喏，取出来了’，不就完事了吗？”当班的年轻医师边开玩笑边直率地叹了口气。

“魔术能叫他吃饭吗？”一个年长的护士语调中带着怒气。

“到那时，再请别的医生给取出来呗。”另一个护士直截了当地说。

护士们你看看我，我看看你，冷笑一声。真急人。

医师重新操起器具，说："真是粒难办的棋子儿啊！"

话音刚落，护士们围拢过来，大家都不由自主地张开了嘴。众目睽睽之下，一粒棋子儿吧嗒一声掉了出来。

"就是它吧。"

医师扔下手中的器具，用纱布把棋子儿捏起来。护士们也松开紧抓着小男孩的手，一脸感慨，望着这粒滑溜溜的脏棋子儿。

"哎呀，好。"

"嘿。"

"小孩醒了。"医师说。

"醒了，醒了。"耳鼻科护士兴高采烈地说，"哦，乖乖！"

她刚想抱起孩子，有人从旁边伸出手，说："等等，让我抱。"

耳鼻科护士说："哎哟，多滑头。这就高兴啦。"

男孩愣愣的。一被抱起来，就哭丧着脸。

"好了，乖，已经完事了。"护士抱着孩子摇了摇，刚要迈步，闻讯赶来的母亲一个箭步跑了过来，护士马上把孩子交到母亲手里。

"谢谢。真不知该怎么感谢你们才好！啊，太好了。痛吗？

不痛吧。”

“就是这粒吧？”说罢，医师让孩子的父亲看了看棋子儿。

“嚯！”父亲伸出手，医师却忘了把棋子儿交给他，他只好边望边说：“确实，春宵一‘石’值千金哪！”

“洗洗再给他吧。”医师吩咐护士。

“不用，这样就行。唔，是黑子儿。怎么说呢，幸亏是黑子儿。要是白子儿，滑溜溜的，多难夹住啊。”

这句话，似乎触怒了医师。

“这么说，您是执黑子儿喽？”

“误诊，误诊，是死子儿，是被吃掉的子儿。”

“哦，是吗。”医师不禁苦笑起来。

父亲给孩子看了看棋子儿，一本正经地说：“危险呀，孩子。以后别再摸这玩意儿啦！”

父亲跟客人下棋下入了迷，连孩子把棋子儿吞下去都不知道。这位父亲更危险。这风度翩翩的父亲，变得十分可笑。

折回走廊上时，护士们一副兴高采烈的模样。

回到值班室后，我坐在椅子上，打算把信写完，稍稍闭目养神。

“是海滨，涨潮啦。”我仿佛听见孩子父亲这么说，仿佛看见了家乡的海滨。晾晒裙带菜的季节临近了。

穿过后院的芋头地，打开高高的竹篱笆小门，就能哗地一下看见深蓝色的海。黎明时分，沙滩是奶油色的。

他钻出小门，脚底带着声响，踩在深深的沙堆上。为了不踩踏海边的打碗花，他把手巾蒙在脑袋上，走进小屋，拿出草席，一刻不停地摊开草席。

他连竹针都备齐了。大家坐在自己喜欢的地方，同海滨上的人们聊天，等待着满载而归的渔船。

小船一抵达岸边，人们都站起来，手持各式各样的篮子，迎上前去。

今天的筐子里也装满了滑溜溜的、很是肥厚的茶色裙带菜。一株株拿出来，用拇指把根部掐掉，再均匀摊开。

今年回去看看吧，赶一赶晾晒裙带菜的季节。不过，回去之前，得先到野战医院去一趟。

国营报纸上刊登了这样一则新闻：乡村里的战士们很喜欢新鲜裙带菜制成的慰问品。

若要到战地去，就把家里的裙带菜拿来制成可口的、带有家乡风味的菜肴，再聊一聊海岸边的春天，让伤员品尝品尝吧。今天也是个好日子。

舞女流浪风俗

一

东京郊外的大森一带是个引人注目的地方。这里有很多山岗、西洋人、少妇和舞女。

当然，舞女也分现代舞女的和传统舞女。有在舞厅里和着爵士乐队的伴奏起舞的舞女，也有短发舞娘以及手抱三味线站在小饭馆或咖啡馆门前的、梳着裂桃割发髻的艺人姑娘。

舞娘住在大森的山岗市街上，艺人姑娘辗转在近海的市街上。因此，舞女玛丽坐上舞厅客人的车，沿着海边的京滨新国道回家。一过品川，就一个劲地眺望车外。昏暗的茶会院子里传来三弦的琴声。

“姐姐——”她扬声招呼。

“停车。我要带姐姐一起回家。”

姐姐上车后，她把客人丢在一边旁。舞娘把姐姐的三味线当作曼陀林琴，弹奏起来。艺人姑娘脱下小小的二趾布袜，轻轻抖了抖。

“灰尘真大呀，衣服下摆真受不了。”

刚一下车，舞娘和艺人姑娘上了同一辆电车，分别坐在二等和三等车厢里，一起回家。有时，会不知不觉地一直坐到大森。

咖啡馆里，有客人问艺人姑娘：“哟，这是你妹妹？”

“哎，是的。”

“一点也不像嘛。”

“孤儿院认识的，做了我妹妹。”

“你为什么不当舞娘呢？”

“我不喜欢搂着男人跳舞。”

舞厅的客人问舞娘：“之前，你不是在廉价咖啡馆里和着姐姐的三味线跳舞来着吗？”

“谁会干那种乞丐似的行当呢。”

的确，以今日的眼光看来，姐姐的舞蹈是一种乞丐般的生活方式，妹妹的舞蹈是一种大小姐般的生活方式。然而，是什么把这两个姑娘如此美好地联结在一起呢？谁也不知道。姐姐若无其事地说，她们一起从孤儿院出来。听来十分诚实。不仅如此，大小姐还在人前毫不羞愧地管乞丐叫姐姐。不介意那种“今日的眼光”的妹妹，不愧是个孤儿院出身的姑娘。一个从社会底层一跃而上的、无比大胆的、挣脱人生枷锁的姑娘。

二

看到不知道职业也不晓得身份的、打扮得花枝招展的女子，就会使人联想到舞娘。她们的做派在东京尚属新鲜的时候，我发现了玛丽。这名字，不知是谁起的，人们用一个洋溢着海港姑娘气息的名字“玛丽”来称呼她。她穿着一身洁白的水兵服，只有领子是鲜红色——嗨，打个比方吧，她总是给人一种清纯少女的印象，以此作为卖点。

问出“你到底多大了”的时候，每个男人心里都会涌上一股新鲜的喜悦。

我经常在下午三点左右那趟短距离区间车上与她邂逅。她总是特意噘着抹了浓艳口红的嘴唇，始终挂着一副瞧不起人的表情。我只能猜测，这位小姐大概由于早恋被学校勒令退学，从而做了走读生，学音乐或手工艺吧。

可是，深更半夜，她用两只手腕钩住两个大男人的胳膊，满不在乎地走回家去。有时，则同梳着桃割发髻的艺人姑娘肩并肩，一边唱歌一边走回家。

那位艺人姑娘总是一个人走街串巷。带红色趾襻儿的麻里草鞋、振袖和服、掖在腰带里的红色襻带，还有那张小圆脸，人人都认识。

对喝咖啡的客人和女招待，她一概使用敬语。店铺里没有客人的时候，她站在门口，脸蛋忽地一下飞上红晕，低下头来说："阿姐，我能坐下来休息一会儿吗？"

说着，她坐在店里的椅子上，低着头沉默不语，显得挺寂寞。女招待渐渐和她搭起话来。

因此，在品川蒲田间和旧东海道线海岸一带，女招待们并不讨厌她。首先，她是这一带唯一的舞女。她将带有樱花图案的手巾整齐地折叠好，缠在脖颈上，带点乡土气，而后，用右手抓住手巾的一头，轻轻一抛，就起舞了。她同短发的大小姐住在一起，这事实叫人不可思议。即便后来才知道那位小姐是个舞娘。

小个子少女并不是个出色的舞伴。她只是给人少女般的印象，因而走红。不过，一些舞艺高超的男子超越技巧跳起杂技式的狂舞时，她也能和着节奏奉陪到底。没错，就像小学生做游戏那样，闹腾着跳。她的双眼闪闪发亮，动作越发粗野。

三

在大森，人们看不见这个舞女的身影了。

我去伊豆旅行。那里的温泉有个我喜欢的按摩师。不，应该说，他是到这个温泉来给人按摩的。他住在距此地约莫七公里远的北边，那边有个热闹的温泉浴场。家里有五六个徒弟。他走起路来比眼睛好使的人都快，这是他最值得骄傲的地方。

“一听见眼睛好使的人的脚步声，他就飞也似的走，非要超过人家不可。他这人就是这个脾气，有时掉进河里，有时撞在树上，新伤不断呀。”旅店女佣的话把我逗乐了，随后，我喜欢上了他。

一般的盲人按摩师，只要在浴池里，就觉得他们很脏，可他那胖乎乎的裸体既白皙又好看，洋溢着奔涌而出的力量。

他随身携带一管尺八，每月月初便从北边的温泉浴场来到这家旅店，邀请这个村庄的四五个按摩师，大家聚集在一起，表演尺八、义太夫、长歌，肆意挥洒，玩上两三天。客人净是些盲人。

今天也有市丸宴会——这家旅店的人把他们这种奇妙的游乐活动叫作“市丸先生的宴会”。六个盲人就在隔着庭园树木的、与我所住的厢房正对面一个房间里合奏尺八。

《千鸟曲》终了，只见一个人嗖地挥动尺八，唾沫星子似乎溅在了面前的盲人身上。

“喂，你没看见有人在场吗？”

挨骂的盲人攥紧拳头，做出要打对方的样子。

冷不丁，一旁传来一个女子的声音：“金丸攥紧拳头，装着要打杉丸呢。”

盲人们围坐成一圈。身着浴衣、系条紫色皮带的少女，跪坐在他们边上。

杉丸伸了伸舌头。

“杉丸在伸舌头。”

身边的按摩师冲着她咧嘴笑了笑。

“哎呀，还是砂丸好。”

“好啦。”市丸环视了一圈众人，虽说他什么也看不见。

“喂，大伙儿做个动作，猜猜吧。町子当裁判。町子，你到中间来。”

“好，可以。”

市丸坐直了，双手合十。其他五个盲人得意扬扬地歪了歪脑袋，陷入沉思。

“呀，讨厌，合十许愿啊！”

“许的什么？”

“这……就算眼睛好使的人也不晓得嘛。”

“看着。”说着，杉丸将食指捅进鼻孔里。五人都不知道。砂丸装出拔刀的模样。

“哟，不能同时做动作呀。杉丸用手指捅鼻孔，砂丸拔刀……”

金丸歪了歪嘴，少女注意到了，说："金丸歪嘴啦。"

市丸立刻将双手贴在额头上，装出长角的样子，金丸又弹飞一块鼻屎。

"市丸变成鬼……"她说话时，六个盲人一起用手比画些奇妙的动作，脸上还带着表情。

"金丸弹掉鼻屎，桥丸是医生，千丸装哭……不行，不行，我看不明白了。金丸拽着耳朵，杉丸抓嘴唇，市丸吊脖子，砂丸、桥丸……啊！忙不过来了！"

"啊！忙不过来了！"

市丸那壮实的大腿弹跳起来，来了一个后空翻。

"市丸后空翻……"

这下子，其余的盲人一起抬腿蹦跳，翻滚起来。少女终于捧腹大笑，趴在地上缩成一圈

恰在此时，公共马车来了，车里传来三味线的声音。

"哎呀，姐姐！"舞娘玛丽身穿浴衣，下摆处露出衬裙，从走廊上跑了过去。

四

我知道玛丽跳舞的那个舞厅，有的舞女品行不端，被勒令停业，她的舞女执照也被吊销了。不久后，这两个舞女就从大

森消失了。

“那个短发姑娘是谁？”

“是市丸先生带来的，要么是老板娘，要么打算纳她做妾吧。”旅店女佣说。

“她住在市丸家吗？”

“好像是吧。”

“那个流浪艺人呢？”

“那姑娘是这一带的按摩师的女儿，她被流浪艺人领养，十二三岁之前，一直在伊豆流浪，最近不知又从哪里回来……”

“她也住在市丸家吗？”

“这个嘛……她就那样，一直在流浪吧。”

不久后，酩酊大醉的盲人们在市丸的房间里和着三味线的琴声跳起舞来。

这些盲人像章鱼一样裸体跳舞，这群人中间，本地的孩子玛丽卷起浴衣下摆，露出水兵服短裙，优美地跳着四拍子的查尔斯顿舞。

笑着笑着，我的泪水夺眶而出。

向火而行的她

远处，湖水正闪着微光。那番景象，仿佛月夜下的古老庭院中的一泓浊泉。

湖水对岸，树林在静静燃烧。火势转眼间蔓延开去，像是起了山火。

蒸汽消防车在岸上奔驰，活像玩具，鲜明地倒映在水面上。

黑压压的人群望不见尽头，从下头爬上高坡。

我注意到，四周的气氛是明朗的，空气宁静得像干涸了似的。

高坡下的闹市一带，是一片火海。

她轻快地拨开拥挤的人群，独自走下高坡。从坡上往下走的，唯有她一人。

这是一个匪夷所思的无声的世界。

看到径直走向火海的她，我无法忍受。

那时，我不是用语言，而是用心灵同她进行实实在在的交谈。

“为什么只你一人走下高坡？是想烧死自己吗？”

“我不想死。不过，你家在西边，所以，我要朝东走。”

她的身影成了一个黑点，跳进我视野里那片火海。我的眼睛犹如针扎般刺痛，我从梦中惊醒了。

眼角有泪流下。

她说她不想朝我家的方向走，这话，我早就知道了。她怎么想都可以。在理性的鞭笞下，她对我的感情已彻底冷却。我表面上死心，实际上，还是会想，她的感情还有一滴，可以垂青于我。这与现实的她毫无关系，只是我的自说自话。我毫不留情地嘲笑自己，暗中却依然希望自己这样存在下去。

可是，做了这样的梦，是不是代表我的内心深处无处不坚信这一概念：她对我的好意已荡然无存？

梦是我的感情。梦中的她的感情，是我虚构出来的。那是我的感情。并且，梦中的感情是不会逞强或矫饰的。

如此想来，我万分寂寥。

向阳处

二十四岁那年秋天，我在海边的旅馆里遇见一位姑娘。那是我的初恋。

姑娘突然伸直脖颈，举起和服袖子，遮住脸。

看见这幅情景，我意识到自己的老毛病又犯了。那表情很害羞，很苦恼。

“我又盯着你的脸瞧来着吧？”

“嗯。不过，也没什么。”

姑娘的声音非常柔和，措辞却有点好笑，我略轻松了些。

“对不起啊。”

“没事。也不是不能看，你看吧。”

姑娘放下袖子，显露出一丝努力，准备接受我的目光。我把视线移开，望着大海。

我有个毛病，总爱盯着身边的人看，大部分人都忍受不了。我总想改正这个毛病，然而，若不盯着身边人的瞧，我就觉得十分痛苦。只要我觉察到自己又犯了这个毛病，我就非常讨厌自己。我想，我自小没了父母没有家，过着寄人篱下的生活，大概是那时养成了察言观色的习惯，现在才有了这个毛病。

我曾这样苦思过：这毛病，到底是被别人收养之后形成的，还是以前在自己家就这样呢？可是，脑海中浮现不出能够明确弄清这一点的回忆。

那时，我没盯着姑娘看，视线落在了海边的沙滩上。海滩向阳，洒满秋日的阳光。这向阳处，蓦然唤起我深深埋藏在心底的往事。

双亲辞世后，我与祖父相依为命，在农村老家生活了近十年。祖父双目失明。多年来，他始终坐在同一个房间里，坐在同一个地方，坐在火盆前头，面朝东。他时不时晃动脖颈，面朝南方，绝不把脸扭向北面。留意到祖父的这个习惯之后，他那总把头扭向一方的举动令我十分在意。我经常长时间地坐在祖父面前，一声不响，凝视着他的脸，观察他会不会偶尔把头扭向北方。然而，祖父活像电动玩偶，每隔五分钟，就向右扭一次头，且只朝南方扭头。我感到毛骨悚然。南面向阳。我心想，莫非只有南面才能使盲人感受到一线光明？

我早已将这向阳处的故事忘记了，如今，却又回忆起来。

但愿他能扭向北方，我边想边死死盯住祖父的脸。对方双目失明，自然是我仔细端详他的脸时居多。这回忆使我意识到自己爱盯人脸的毛病从何而来。这毛病，在自家时就已经养成了。它并不是我那自卑心理的残影，而是我心安理得地顾影自怜时养成的。这么一想，我欢喜雀跃了。在我为了姑娘一心美化自己的时候，就越发如是想了。

姑娘又说："虽说习惯了，但还是有些害臊。"

听起来，这句话仿佛包含着这样一层意思——对方可以将目光重新移到自己的脸上。打刚才起，姑娘似乎一直觉得自己举止欠妥。

我带着快活的表情望着姑娘。她的脸蛋微微发红，而后，露出狡黠的眼神，天真地说："我的脸嘛，以后你天天从早看到晚，不会觉得稀奇的，放心吧。"

我笑了，忽然对姑娘好感倍增。我想带着姑娘和祖父留给我的记忆，走向沙滩上的向阳处。

不死

老人和少女正在向前迈步。

两人身上有许多奇妙的地方。年龄几乎相差六十岁上下，却以恋人般的姿态互相依偎着，仿佛彼此都没有意识到这一点。老人耳背，几乎听不见姑娘在说什么。姑娘上身穿件紫地带白色细箭翎纹的和服，下身穿条紫里透着胭脂红的裙裤，袖兜略长。老人穿一身妇女在田间除草时穿的衣裳，没戴手甲，也没穿绑腿。这身棉布窄袖和服加雪裤，怎么看都是妇女穿的样式。人很瘦，衣服的腰身显得很肥大。

在草地上走了没多远，二人眼前出现了一道高高的铁丝网。再往前走，肯定会撞在铁丝网上。这对恋人却没有止步，咻地一下，像一阵清风似的，径直穿过铁丝网。

穿过去之后，姑娘这才有所察觉。她“咦”了一声，一脸不解，望着老人。

“新太郎，你也能穿过铁丝网吗？”

老人没有听见。

然而，老人抓住铁丝网的网眼，边摇晃边说：“混账！混账！”

老人用力过猛，刚压向铁丝网，巨大的铁丝网便向前移动，他打了个趔趄，双手依然抓着铁丝网，眼看要向前栽倒。

“危险！新太郎，你怎么啦？”

姑娘护住老人的胸膛，撑住他。

“手松开铁丝网吧，你变轻了。”

老人总算站稳脚跟。他艰难地喘了一口气。

“哎，谢谢。”老人再次抓住铁丝网的网眼。这回，他改用单手抓，轻轻抓。随后，他用耳聋的人特有的大嗓门喊道：“日复一日，我每天都在这铁丝网里头给人家捡球，整整捡了十七年呐。”

“才干十七年，就觉得时间长呀。挺短的嘛。”

“那些人随心所欲地打球，撞得铁丝网砰砰直响。我不习惯听这个，心头怦怦直跳，吓得缩起脖子。就是这种噪音把我的耳朵震聋的。混账东西！”

这是高尔夫球练习场，铁丝网是用来保护捡球员的，所以，网底装着滑轮，前后左右，都能挪动。跑道和旁边的练习场之间由树丛隔开。这里原先是一片宽阔的杂木林，而今，砍剩下的，都是不规则的行道树。

两人背朝铁丝网，迈开步子。

“真叫人怀念，听见海浪的声音了。”为了让老人听见这句话，姑娘凑到老人耳边讲话，“听见令人怀念的海浪声了！”

“什么？”老人闭上眼睛，“那是美佐子甜美的呼吸声。一日往昔呢。”

“那令人怀念的海浪声，你听不见吗？”

“海？什么海？令人怀念？自己跳下去的那片海，有什么好怀念的？”

“就是令人怀念嘛。阔别五十五年后，我回到了故乡。新太郎，你也回到了故乡，令人怀念啊。”老人已听不见她说话，可她依然说着，“我投海，是对的。保持着投海时的心境，就可以永远思念你。我的记忆和追忆，只会停留在十八岁以前。在我心里，你永远是年轻的。所以呀，新太郎，你也一样。假如十八岁那年我不投海，如今回到故乡，你又来与我相会，我不就成老太婆了吗？我可不愿意。要是那样，没法相见。”

老人带着耳聋自言自语：“我到东京打拼，失败了，老朽了，最终，又回到故乡。过去，我请求高尔夫球场的老板雇我，因为被迫同我分手的姑娘忧郁至极以致投海，这球场又建在离海近的高处。那是哭着求来的恩赐。”

“咱俩散步的这一带，原先是你家。这是你家的山林。”

“我只会在练习场上捡捡球，已经驼了的背更加酸痛。可我又想，有个姑娘为我投海殉情了啊！那片悬崖就在球场旁边，就算步履蹒跚，也能跳下去。我这样想过。”

“那可不行！你得好好活下去。新太郎，要是你死了，在这个世界上，就不会再有人像你这样回忆起美佐子啦。那样一来，我不就真的灰飞烟灭了？”姑娘说话像连珠炮似的，可老人还是听不见。

然而，他抱住了喋喋不休的姑娘，说：“没错，一起死吧。这回……你是来接我的吧？”

“一起？不要。新太郎，为了我，活下去，你要活下去。”姑娘抬起眼，视线越过老人的肩膀，声线也抬高了，“哟，这些大树还在呢。一共三棵，一如往昔，令人怀念啊。”

顺着姑娘的目光，老人也把视线转向三棵大树。

“高尔夫球客害怕那些树，让我把它们砍掉，说什么他们打飞的球都是被那些树的魔力所吸引，拐到右边去了。”

“那样的球客，早晚会死，比已经耸立了几百年的古木死得早。他们不了解人的生命究竟有多长。”

“几百年来，我的历代祖先都很珍惜这些大树。卖掉这块地皮时，我提出的条件就是不能砍掉这三棵树。”

“咱们走吧。”姑娘急着往前走，老人被她拉着，踉踉跄跄地走到大树身边。

姑娘咻地一下穿过了树干。老人也穿了过去。

“咦？”姑娘惊异地凝望着老人，“新太郎，你也死了？死了？什么时候？”

“……”

“你也死了。真的吗？在阴曹地府里，咱们怎么没能相会呢？好奇怪啊。来，再穿一次树干，看看是生是死。你要是死了，咱们就可以一起钻进树里啦。”

老人和姑娘消失在大树的树干里，再也没有出来。

三棵大树的后方，细细的树丛被暮色所笼罩。海潮呼啸的远方天际，朦胧地泛起一片淡红色。

厕中成佛

很久很久以前，岚山的一个春天——

京都大户人家的太太和小姐、花街柳巷的艺伎和妓女，她们身着华丽的服装，到这山野间来观赏樱花。

“实在抱歉，借用一下洗手间好吗？”

京都女子站在肮脏的农家门口，红着脸微微欠身。绕到屋后一看，又旧又脏的草帘后……春风摇曳草帘时，她的肌肤僵硬起来。孩子们哇哇大叫，十分喧闹。

见京都女子如此困窘，农民们开动脑筋，盖了一间干净的厕所，挂上一块黑漆漆的告示牌，上书：

租用厕所

一次三文

赏花季节，游人如织，不出所料，转眼间，出租者发了大财。

村里有个人嫉妒八兵卫，对妻子说："最近，靠出租厕所，八兵卫赚了一大笔钱。今年春天，俺们也盖一间出租厕所，要赚得比八兵卫还多，怎么样？"

"你这人，脑子不好。就算俺们的出租厕所盖好了，可八兵卫是老字号，人家有老主顾。俺们是新字号，要是游客不光顾，岂不是穷上加穷？"

"胡扯什么呀。这回，俺设想的厕所，不像八兵卫那个那么脏。听说近来京城时兴茶道，俺打算盖个茶室模样的厕所。首先，四根柱子不用吉野圆木，不洁净，要用北山圆木。天花板铺上香蒲草，钉上蛭钉，挂上吊锅的锁链，代替使劲时用的绳索，这主意不错吧。窗户修成直接暴露土壁骨架的格子窗，踏板用榉树的如轮木，便池前挡用萨摩杉。便池四周涂黑漆，墙壁反复上漆涂两遍。门用扁柏制成的长薄板打，用白竹固定，房顶用杉树皮葺，用青竹压住，系上蕨草绳，修成大和式。放鞋的石板用鞍马石做，旁边围上中间栽有青竹的方眼篱笆，洗手盆用桥桩式的，装饰用的松树也配以姿态多样的赤松。千家、远州、有乐、逸见，不管哪个流派，都兼顾到……"

妻子听呆了。

“那么，租费收多少呢？”

经过一番艰苦的筹措，总算赶在赏樱时节来临前把漂亮的厕所修建好了，连告示牌都请了和尚制作，是中式的，非常有威严。

租用厕所

一次八文

就算是京都女子，也觉得过分奢侈，心怀憧憬但望而却步。

“瞧见没？”妻子敲着榻榻米说，“早就叫你别盖，搭了这么多本钱，这可怎么收场！”

“不要唠叨嘛。明天，我到客人那边去转一圈，保证人像蚂蚁一样排着大队来。明天要早起，给我准备好盒饭。只要我出去转上一圈，准让它门庭若市。”

丈夫非常沉着。可是，第二天，他比平时起得还晚，十点才醒过来。他一把将后衣襟撩起来掖在腰带里，把饭盒挂在脖子上，带着几分哀伤的神情，边笑边回头冲妻子说：“孩儿他娘，俺这辈子，不管干啥，你总是横挑鼻子竖挑眼的，说我傻，说我尽做梦。今天，我就让你瞧瞧，俺只要到客人里头转上圈，保你门庭若市。粪缸满了，你就挂上暂停使用的牌子，请邻居次郎兵卫挑走一两担。”

妻子十分纳闷。说要到客人那里转转，莫非是去京城游说，在大街上喊“出租厕所、出租厕所”？正琢磨着，一个姑娘往钱箱里投了八文钱，租用了厕所。尔后，人们进进出出，租用的客人源源不断。妻子惊呆了，瞪大双眼看守厕所。不久后，又挂上暂停使用的牌子，忙着把粪便挑走……终于，到了傍晚时分，厕所租金高达八贯之多，粪便挑走五担。

“难道说，俺家老头子是文殊菩萨转世？真的跟他说的一样，梦一般的事，有生以来头一次变成了现实。”

妻子喜不自胜，买好酒，在家等待着丈夫。悲哀的是，抬回来的竟是他的尸体。

“他长时间蹲在八兵卫家的厕所里，可能是被臭气熏死的。”

丈夫走出家门后，立即缴了三文钱，走进八兵卫家的厕所里，从里面上了锁，有人想推门进去，他就“咳、咳”地佯装咳嗽，声音都咳哑了。春天白昼长，他蹲得连腰都直不起来了。

京都人听了这个故事，议论纷纷：

“如此风流人物，竟沦落至此。”

“这是天下第一的茶人呢。”

“这是日本有史以来排名第一的自杀啊。”

“厕中成佛，南无阿弥陀佛。”

众人异口同声，称赞不已。

译后记

“凌晨四点醒来，发现海棠花未眠”。

这个句子，若在“网络美文”之类的推荐帖里读到，多半会混迹于一些节奏柔和的语句中，成为一种单纯的罗列；然在懂其出处的人心里，它出自何人笔下，又抒发了怎样一种情感，是很清楚的。

川端康成说，海棠花未眠。译者喜白色花，也曾在失眠的凌晨两点零六分欣赏一朵悄悄开放的小茉莉，因此，这种邂逅美并因美生发感叹的心理，十分能够与之共鸣。正如有句话这样说道：

In short, Beauty is everywhere. It is not that she is

lacking to our eye, but our eyes which fail to perceive her.

——Auguste Rodin

简言之，美无处不在。不是她不存在于我们眼中，而是我们的眼睛疏于感知她。这是法国雕塑家奥古斯特·罗丹对美的见解。听起来似乎有些抽象。该怎样理解这句话呢？借用阿瑟·柯南·道尔爵士在 1891 年写就的《波西米亚丑闻》中的一言，即夏洛克对华生说过的一句话“You see, but you do not observe”，看见，指某个物体或某种现象闯入视网膜，这是第一层；观察，指在此基础上调用全身感官去扫描去测量，去分析去理解，获取信息，收集数据，这是第二层。以此为分水岭，偏重理性的侦探先生会带着思考走向判断，得出一种结论；偏重感性的文人墨客则多半携带情感拥抱感知，渲染一种情绪。因此，以译者愚见，美之一字行至最后，实为一种情绪。我们尽可以用世俗规则来描述来定义它，发表“如此这般，就算是美”或“美即如此这般”等观点（瞧，下一句就应验），但在东方语境下，莫如说，美是机缘的映照，美是一种纯粹的邂逅。这可能是浸染过东方文化的人才能瞬间领悟的概念。就说川端康成的文字吧，你可以说它美，也可以说它不美。它存于世上，正好比在某个枝头上安静绽放的花朵。它和其他作家笔尖带出的花朵相比，或就与自然界中竞相绽放的海棠、茉莉或任何一种花朵相比，客观上说，都没有不同。唯有它闯入你的视网膜、引起你的观察兴趣、使你生出一种情绪时，它才在你心中真实且鲜活起来。你意识到了它，正如它意识到了你对它产生了意识。彼时，作家的心灵之花与读者的意识之花穿越时空彼此映照，恍如隔镜相视。

然而，这镜中花，并不总能轻松重叠在一起，使美显现。试举一例说明。

「柳は緑、花は紅、柳は緑、花は紅（柳绿花红真面目，万物静观皆自得）。」

「柳は緑ならず、花は紅ならず、御用心、御用心（柳未必绿，花未必红，有相虚妄，当心当心）。」

这个译法最终没有出现在定稿中。意译过重，自觉不妥，遂修改之。带有饶舌节奏的小句子，读来轻快，出自《春景》一文。1927~1930 年间，这篇分成六个章节的短篇小说问世，藉由窥探一位画家在作画心情上的转变，即在写实主义与表现主义之间的摇摆，带出“新感觉派”这一框架中的主张。“柳绿花红”本是一句禅语，“万物静观皆自得”便是顺着前句推出的。这一句，出自北宋理学的奠基者程颢笔下。举凡有形事物，应观其自然之色并加以歌颂——大约是这个意思。而这个，接近正冈子规之徒高浜虚子“对于俳句，应实时素描，客观写生”的理念。可以说，这一派，强调的是注重眼前之物，提倡以实景来幻化悟性，不提倡以虚说虚。同样，下一句中的“有相虚妄”夹在警语“柳未必绿花未必红”和“当心”之间，也属于拓展解说。“相”这个字在上一句里提示的是尊重自然的重要性，在这一句里，则提示人不可过分着相只观外在却忽略了事物的本质及潜藏的危机。这一派，希冀人们以心相作为出发点去理解眼前的事物，重主观，重感受，重内省。这两派，不因这两句话立场上的相左而必须处于互相抵触的境地。依译者愚见，这篇小说，旨在推动读者思考主客一体化这命题。最终一没一体化并不打紧，重要的是，肯思考。这两句话如同镜像一般立于彼处，而作家与读者之间能否产生连接，使镜中花也浮现于彼处，译者要负大半责任。意译固然能够点出其深层用意，然这两句到底不是诗词，在他人而言，那样处理算不算剥夺他人的思考权利呢。毕竟，抛开译者这角色，我也是一个读者。读者之一的我与读者之一的谁，若仅因我额外还有一层身份就在天平这端的砝码上加了一锭，处于中立位置的镜子就会被打破，届时，镜中花的美，又该去何处寻觅？

再举一例。

有些用词，技术上能做出转换，意境上却不易构建相同的画面感，因为这类词汇本身具有流动性，表现的是重叠或变化的概念。捕捉这种带有画面感的词语时，人的双眼更像一台摄影机，而非照相机。如《蚂蚱与金琵琶》一文中开篇即提到的「葉桜」一词，它描述的是樱花散落后嫩绿新叶几乎覆满枝头但仍有些许花瓣不愿离去的状态。即是说，抬头仰望的瞬间，大片新绿与零星柔粉共存于视野中，夏日来临。在俳句中，叶樱是初夏季语，而非春之季语。这样的一个词，保留写法另作注释也是一途，但与上一例做减法不同，此处做了加法。“花朵堪堪凋谢嫩叶已然萌生的樱树”虽因场景发生在夜晚以致“黑漆漆的”，却明示出故事发生在季节交替时，揭示了它进入“我”眼帘时的客观状态，规避了“也许是夜樱的误用”或“可能是某种樱树的学名”等误解。读者能否通过此一描述，与作者共享视野，同步感受到带有流动性的季节感呢？这种美，能否像“海棠花未眠”那样带给人怦然心动的感受呢？进一步说，这棵暗暗的樱花树，是否能与唧唧虫鸣声、河畔青草香、绽放五颜六色的光芒的手提灯笼以及快乐嬉戏的少男少女们汇聚在一处，共同勾勒出一副清新美好的水彩画作呢？自然环境中的风雅就在镜之彼端展开，它在等待一双善于发现的眼睛，等待一个安放敏感的心灵。能否通过文字搭建出这面供人穿越的镜子，于译者而言，十分重要。

与上述两例不同，有一类词语，既没有对它做减法也没有对它做加法，而是尝试将它就地拆解变更，使之符合当前语境，好比歌舞伎表演中的快速换装。

日语中的「映画」即“电影”，它的旧称是什么呢？「活動写真」。电影院则被称为「活動小屋」。

> 子时已过，我走出小客栈。姑娘们送我出门，舞女为我摆好木屐。她从门口探出头来，眺望明亮的夜空。
>
> “啊，月亮出来啦。……明天到下田，可真高兴。要给宝宝做七七，阿妈会给我买新发梳，还有好多好多事要做呢。您带我去看影戏，好不好？”

最后一句，原文是「活動へ連れて行ってくださいましね」。其中的「活動」，即「活動写真」的简称。

二十岁的“我”与十四岁的小舞女经过三天相处，心上的距离更近一步，于是，舞女带着真挚的感情，提出这一请求。本来，相较“我”这样社会地位较高的读书人，作为娱乐大众之底层人物的江湖艺人一般不会把自己摆在与世人对等的位置上，产生想要和“我”一起赴约的意识，但这，或许就是所谓的情窦初开吧。川端康成在大正七年即 1918 年独自一人到伊豆旅行，邂逅真实存在的小舞女，1926 年即大正十五年也是昭和元年，《伊豆的舞女》写成，发表在《文艺时代》上。在此期间,「活動写真」这个词汇伴随时代的发展，是一直存在的。1888 年，movie / film 于技术层面上诞生；1895 年，法国的卢米埃兄弟改良并发明了电影放映机 cinématographe 并将其推向全世界；1896 年，这种艺术形式传入日本。随后，虽在 1917 年前后跟随世界潮流将相应的日语词汇定为「映画」，但直至 1935 年即昭和十年，民间依然有人使用「活動写真」一词来指代电影，文学作品等能够记录时代变迁的资料中也展现了这一面。这或许是因为，与之对应的英语词组 motion picture / moving picture 亦从未自人们的脑海和记忆中消去。川端康成作为横跨大正与昭和两个时代的小说家，无论是他本人还是他笔下的人物，于细微处稍稍带些古旧气息，应该不会予人不自然的感受，尤其是像舞女这样“梳着一种我叫不上名字的、样式古典又奇特的大发髻”的人。因此，较之“我想看电影”这种与现代人别无二致的说话方式，“我们去看影戏”这样的台词，或许更符合她的整体格调。

其实,「映画」也好「活動写真」也罢，就算一股脑儿都译成“电影”，想来亦无不可。但译者每常思考，深感翻译文学性极高的作品时，比起“译了什么”，或许“怎么译的”更重要一些。这不单单是立足自身学无止境层面上的长远追求，同时，与作者倾毕生精力字斟句酌意义等同，译者作为翻译工具人的最大存在价值，就是表现出字句背后的写作心境和时代风貌，即作者创造出的文学价值和艺术价值。

《雪国》一文中，聆听驹子弹奏三味线的岛村被她的琴音“震慑住了”，他甚至“气力尽失，只能乖乖接受驹子那艺术之流的牵引，愉快地投身于那股洪流中，尽情漂流。除此之外，别无他法”；兼作戏院的茧仓失火时，自二楼坠落的叶子“内在生命在变形”，同时，“银河仿佛哗地一声，向岛村的心坎上倾泻下来”，这样的时刻，是美的。

《古都》一文中，苗子与千重子在祇园祭上相遇，她“伸出右手，紧紧握住千重子的手”，千重子也握住她的手；在北山杉村会面时遭遇阵雨来袭，“苗子从上方护住千重子，几乎把她整个人都搂在怀里”；苗子穿着千重子为她挑选的和服与腰带来家里拜访，二人同睡一个被窝，说了很多悄悄话，这样的过程，是美的。

《千只鹤》和当年原稿因故未完成的《波千鸟》一文中，在正面白釉处用黑釉描绘蕨菜嫩芽图案的黑色织部烧茶碗表现出“山村里的情趣”，是适合早春使用的好茶碗；靛蓝色的野生牵牛花插在“古色古香的、漆面红得发黑的葫芦壁瓶”里，绿叶和蓝花垂落下来，给人一种凉爽的感觉，这样的器物，是美的。

就是在毋宁说已不再重点描绘东方之美的、反而展现许多丑陋形态的《湖》中，“湖上雾气弥漫，岸边都结了冰。冰的前方被雾气笼罩，没有边界”“乘坐出租车时，司机的世界是温暖的桃粉，乘客的世界是冰冷的青绿，透过玻璃的颜色看到的世界是澄澈的”“蚊帐中的萤火虫全都飞起来，萤光点点”，这样的意象，也是美的。

日本的文人十分推崇白居易，但他们更喜欢称他的字，一提起汉诗，必言白乐天。香山居士写过这么两句，叫“琴诗酒伴皆抛我，雪月花时最忆君”。无独有偶，东瀛文人对雪月花三字也有爱。

雪の上に照れる月夜に梅の花折りて送らむはしき子もがも

明月照积雪，寒空静夜笼白梅，良辰惜美景，愿得佳人长相伴，折枝为赠花自开

——《万叶集》卷 18 第 4134 首

川端康成在《我在美丽的日本》一文中写，看见雪的美，看见月的美，看见花的美，这便是人对四季之美的感悟。诚如所言，感受着无处不在的美，译者亦不忍独占，愿化身为镜，天长日久，与诸君共同凝望漂浮在宇宙万物间的情感之美。

朱娅姣